비밀보장

비밀 보장

초판 1쇄 발행 2016년 2월 18일
초판 2쇄 발행 2016년 2월 26일

지은이 송은이, 김숙
일러스트 영수(fizzjang@naver.com)
펴낸이 김선식

경영총괄 김은영
사업총괄 최창규
기획 백상웅 **책임편집** 윤세미, 백상웅 **디자인** 문성미 **책임마케터** 이상혁
콘텐츠개발2팀장 김현정 **콘텐츠개발2팀** 백상웅, 김정현, 문성미, 윤세미
마케팅본부 이주화, 정명찬, 이상혁, 최혜령, 양정길, 박진아, 김선욱, 이승민
경영관리팀 송현주, 권송이, 윤이경, 임해랑

펴낸곳 다산북스 **출판등록** 2005년 12월 23일 제313-2005-00277호
주소 경기도 파주시 회동길 37-14 3, 4층
전화 02-702-1724(기획편집) 02-6217-1726(마케팅) 02-704-1724(경영관리)
팩스 02-703-2219 **이메일** dasanbooks@dasanbooks.com
홈페이지 www.dasanbooks.com **블로그** blog.naver.com/dasan_books
종이 한솔피엔에스 **출력·인쇄** 민언프린텍 **후가공** 에스엘바인텍

ISBN 979-11-306-0738-2 (03810)

5천만 결정장애 국민들의
속 시원한 고민 해결 상담소

송은이&김숙의

비밀
보장

송은이 · 김숙 지음

다산
책방

하나 둘 셋!
송은이&김숙의 〈비밀보장〉 시작합니다

김　숙: 뭐야? 지금 시작한 거야?

송은이: 자, 잠깐만! 뭐 이렇게 갑작스러워? (한 박자 쉬고) ......자!
　　　　결정장애를 앓고 있는 5천만 국민들을 위한
　　　　속 시원한 고민 해결 상담소!

김　숙: 비! 밀! 보! 장! 그런데 이름 너무 거창해. 뭐야, 이거.
　　　　누가 지은 거야?

송은이: 너! 너잖아, 너! 자, 그럼 우리부터 비밀 하나씩
　　　　속 시원히 이야기합시다. 너부터.

김　숙: 저요? 아니 너부터. 너 먼저.

송은이: 너라고 했냐, 지금?

김　숙: 그럼 미친X부터 하세요.

송은이: 제정신이야? 이래도 돼?

김　숙: 뭐가? 욕하는 게 트렌드라니까 요즘.

송은이: 반말했냐, 지금? 어디서 눈깔을 그렇게 떠?

김　숙: 아, 이거 재미있네. 제 비밀은요, 사실 전 평발입니다.

송은이: 그게 무슨 비밀이야.

김 숙: 아니 해변가를 뛰면 곰발바닥처럼 되는데? 얼마나 웃긴데.

송은이: 에이 그런 거 말고. 신체 비밀이 이 정도는 돼야지.
나는 짝젖이야.

김 숙: (질겁) 우와, 진짜 너무했다.

송은이: 많이 티는 안 나는데 살짝 무게감이 달라.

김 숙: 아니 너무 세잖아.

송은이: 이렇게 하는 거라며?

김 숙: 사연을 이 정도 센 걸로 보내야 돼요?
'저는 짝젖입니다. 어떻게 해야 할까요?' 이런 거로?

송은이: 아니 그니까 이게......

김 숙: 근데, 오른쪽이 더 심한 거야? 그럼 남자를 만나면 오른쪽으로
서 있고 여자를 만나면 왼쪽으로 서 있으면 되잖아.

송은이: 아니, 하여튼 그런...... (당황) 아, 나 진짜 처음 공개하네.

김 숙: 대박이다! 이렇게 하는 거 맞아? 어떻게 하는 건지
〈비밀보장〉에 대해 소개 좀 해주시죠, 송은이 씨.

송은이: 사실 우리는 살면서 생각보다 많은 것들을 결정짓지 못하고
살잖아요. 사소해서, 남들이 뭐 그런 것 때문에 끙끙대냐고
비웃을까봐, 아니면 너무 심각해서. 그런 고민들은 누구나
가지고 있잖아요. 그 고민들을 저희가 아는 선에서
해결해드리고자 만든 팟캐스트입니다.

김 숙: 아시다시피 제가 가방줄이 좀 짧기 때문에,
다양한 의견을 듣고자 인맥을 적극 활용해 고민을
해결하고 있습니다. 〈비밀보장〉의 사연을 해결해주시는
단골이 몇 분 계시죠. 금전 고민은 김생민 씨, 창업 고민은
유상무 씨나 심태윤 씨, 여자의 마음에 대한 고민은 김숙 씨,
법률 상담은 변호사가 해주고, 이런저런 일반인들까지......
예, 그렇습니다.

송은이: 와, 뻔뻔하다. 자연스럽게 자기 이름 넣는 것 봐.

김 숙: 원래 가족들에게도 못 하는 비밀 얘기가 있지 않겠습니까?
친한 친구들에게도 말 못 할 얘기가 있어요. 그런데 결정을 내려야
할 때, 차라리 제삼자한테 물어보는 게 더 정확한 답이 될 수도
있거든요. 그 제삼자가 바로 우리 〈비밀보장〉이 아닌가.

송은이: 여러분들이 〈비밀보장〉에 보내주신 성원 덕분에 저희가
공중파까지 진출하고 이렇게 단행본으로도 인사를 드릴
수 있게 되었습니다. 우리가 흔히 인기인들에게 '국민' 명칭을
붙이는데, 저희도 국민 자매, 국민 여성 콤비가 될 수 있도록
앞으로도 많이 사랑해주시고요.

김 숙: 아! 이제 콤비로 받아주시는 건가요?
한동안 싫어하셨는데, 콤비라고 하면?

송은이: 아니, 니가 요즘 대세라서 이제부터 업어가기로,
올해부터 작전변경!
......근데 이거 이렇게 하는 거 맞아?

김 숙: 모르겠어. 일단 시작합시다.

차례

제1장

n자택일!
사소하지만 목숨 걸린
고민 상담소

송은이: 야, 방송 시작했잖아. 게임 좀 그만해.

김 숙: (물고기 키우는 게임 중) 어? 밥만 주고, 밥만 주고.

송은이: 계속 기다리잖아. 스텝를 기다리잖아, 지금.

김 숙: 아니, 이게……

송은이: 기다리잖아! 녹음 전에 뭐하는 거야? 빨리 끄라고!

송은이: 기다리잖아! 언니, 저 마음에 안 들죠?

김 숙: (정색) 언니, 저 마음에 안 들죠?

송은이: 어? 뭐? 야, 너 눈깔을 왜 그렇게 뜨냐?

김 숙: 아니, 아니, 안 돼, 안 돼.

송은이: 너 지금 반말하냐?

김 숙: 아니, 아니.

송은이: 어? 뭐가 아니야?

김 숙: 아니, 아니. 아니야.

송은이: 너 지금 아무것도 뵈는 게 없지, 응?
야! 이거 그냥 연예인 평생 그냥 연예인 어?

김 숙: 아오, 진짜 이 미친X 뭐야. 진짜.

송은이: 뭐? 너 뭐라고 그랬어? 아!

김 숙: 실장님! 실장님! 실장님~!

송은이: 이게 패러디를 빙자해가지고 진짜 욕을 해?

김 숙: 아, 저 미친X 진짜.

송은이: 그만해. 한 번만 해. 미쳤나봐, 진짜.

김 숙: 아니, 이게 트렌드 아닙니까, 트렌드?

송은이: 진짜 방송 들어갔으니까 이제 끄고 빨리 인사해.

김 숙: 하, 하시죠.

Q. 신상 아이폰을 새로 샀는데 케이스를 씌울까요, 말까요? 아이폰은 케이스를 안 씌우는 게 간지잖아요. 안 씌우면 금방 기스 날 거 같은데 케이스 씌울까요, 말까요?

A. 내가 아이폰 신상 씁니다. 씌워야지 깨끗하게 쓰지. 끝까지 한 2년 쓰다가 중고나라에 갖다 팔아야 되니까 씌우세요. 깨끗할수록 값어치가 좀 높거든요.

Q. 작은 키로 인해 자신감을 잃은 20대입니다. 키가 너무 작아서 태도 안 나고 연애도 못 하는 거 같고 애 취급만 받고 무시당하는 거 같고, 어떡하죠? 제 키는 157cm입니다.

A. 157? 지금 장난하나. 여기 와요. 와서 봅시다. 여자가 다섯 있는데 157이면 상위권이에요. 여기 오면 장신이야.

네. 심히 불쾌했습니다, 이 사연.

그래, 송은이 씨 지금 많이 열받았어요. 송은이 씨 옆에 있다 생각하고 자신감을 가지세요.

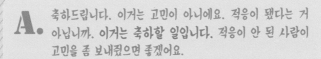

Q. 외로운 게 적응이 돼가요. 이거 문제 아닌가요?

A. 축하드립니다. 이거는 고민이 아니에요. 적응이 됐다는 거 아닙니까. 이거는 축하할 일입니다. 적응이 안 된 사람이 고민을 좀 보내줬으면 좋겠어요.

Q. 엄마가 맨날 언제 오냐고 하는데, 몇 시에 집에 가야 잔소리를 안 들으면서 최대한 늦게 갈까요?

A. 정확히 11시 30분. 12시를 넘기면 안 돼. 그러면 그게 날을 넘기는 것이기 때문에 엄마한테 혼나고, 11시 30분이라고 생각하고 출발하면 11시 50분쯤 도착하거든요. 그니까 딱 10분 전에 도착을 하는 거지. 하지만 5일장. 5일에 한 번씩은 일찍 들어가줘야 돼. 엄마도 적응할 시간이 필요하니까.

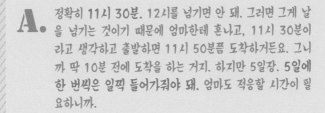

Q. 여름 패션에서 하얀 바지를 빼놓을 수 없는데 속옷이 비칠까 봐 불안해요. 속에 뭘 입어야 되죠?

A. 하얀 바지는 기본적으로 비치라고 입는 거야. 티팬티를 입지 않는 이상 나는 안에 좀 강렬한 색깔을 입어줬음 좋겠어. 검정색, 핑크색, 빨간색…… 뭐 그냥 누가 봐도 쟤 빨간 빤스 입었구나 하고 보이게끔. 그게 섹시한 거지.

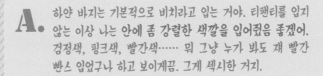

Q. 5월에 베이징에 여행 가려는데 황사가 심할까봐 걱정이 돼요. 취소할까요, 말까요?

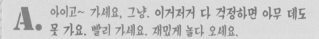

A. 아이고~ 가세요, 그냥. 이거저거 다 걱정하면 아무 데도 못 가요. 빨리 가세요. 재밌게 놀다 오세요.

Q. 저는 '도를 아십니까' 그분들을 너무 많이 만나요. 왜 이런 사람들이 저한테 꼬이는 걸까요? 앞으로 이런 사람들이 말을 걸면 어떻게 떨쳐내야 할까요?

A. 그분들은 착해 보이는 사람한테 탁 붙는 거예요. 내가 한 가지 팁을 드리자면, 눈을 호랑이 눈처럼 하세요. 그리고 갈매기 눈썹을 만든 다음에 "뭐?! 뭐!?"이런 느낌으로 서 있으면 아무도 말을 걸지 않아요. 나요? 지금 40년 동안 아무도 길거리에서 나한테 말을 걸지 않아요.

Q. 제가 인터넷에서 옷을 주문했는데요. 옷이 터질 것같이 작아요. 바지를 입으면 겨우 단추가 잠기고 뱃살이 튀어나오는데요. 이 바지 교환할까요, 아니면 지금 미친 듯이 다이어트 중인데 살 빼고 그냥 입을까요?

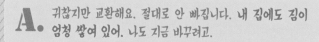

A. 귀찮지만 교환해요. 절대로 안 빠집니다. 내 집에도 김이 엄청 쌓여 있어. 나도 지금 바꾸려고.

016

Q. 6년 전 친구가 제 외모를 디스해서 화가 났어요. 솔직히 아직도 꿍한데 6년이 지난 지금 화를 내고 풀어버리면 이상한가요? 6년 전에 삐쳤던 일을 이제 와서 화를 낼까요, 말까요?

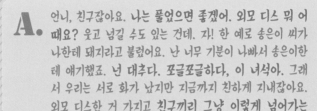

A. 언니, 친구잖아요. 나는 풀었으면 좋겠어. 외모 디스 뭐 어때요? 웃고 넘길 수도 있는 건데. 자! 한 예로 송은이 씨가 나한테 돼지라고 불렀어요. 난 너무 기분이 나빠서 송은이한테 얘기했죠. 넌 대추다. 쪼글쪼글하다, 이 녀석아. 그래서 우리는 서로 화가 났지만 지금까지 친하게 지내잖아요. 외모 디스한 거 가지고 친구끼리 그냥 이렇게 넘어가는 거지 뭐.

Q. 오늘 너무 피곤한데 그래도 개운하게 씻고 잘까요, 아니면 일단 피곤하니까 자고 내일 일어나서 씻을까요?

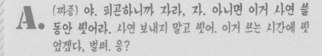

A. (짜증) 야. 피곤하니까 자라, 자. 아니면 이거 사연 쓸 동안 씻어라. 사연 보내지 말고 씻어. 이거 쓰는 시간에 씻었겠다, 벌써. 응?

Q.

로또 살까,
연금복권 살까?

❝

요즘 하도 돈이 쪼들려서 친구한테
로또나 살까 했더니, 친구가 로또 말고
연금복권을 사래요. 가격은 둘 다 천 원인데,
로또는 1등 하면 거금을 한 방에 받을 수 있고
연금복권은 계산해보니 1등 하면 매달 390만 원씩
20년 동안 받을 수 있더라고요. 둘 다 좋지만
만약 둘 중 하나를 선택할 수 있다면
뭐가 낫다고 생각하세요?

❞

김　숙: 아니, 하도 돈에 쪼들려서 친구한테 알바 자리 없냐 물은 게
　　　　아니고 로또나 살까 했다고요?

송은이: 요새 그런 사람 많죠.

김　숙: 그래요? 한 방을 노리니까 저는 로또입니다. 로또로 갑니다.

송은이: 이거 어떡하지? 로또냐 연금이냐? 나는 연금복권은 처음
　　　　들어봤네.

김　숙: 연금복권이라고 나눠서 주는 거 있어요. 매달 390만 원이면……
　　　　와, 진짜 일 안 해도 되겠다, 이거.

송은이: 근데 연금복권은 좀 그렇다. 20년 동안 무슨 일이 생길지 어떻게
　　　　알아? 내일 되면 난 몰라요. 아무튼 전화해봅시다. 로또를 잘 알
　　　　만한 분. 로또 당첨 발표하는 사람한테 물어보면 되는 거 아니야?

김　숙: 환아~ 너는 월급쟁이잖아, 지금. 너 같으면 로또를 사겠어,
　　　　연금복권을 사겠어?

김　환: 로.또.를 사죠. 로또를 사고 회사는 아르바이트식으로
　　　　다녀야죠. 절대 모르게.

송은이: 우리가 흔히 이야기하는 그 생계형 직장인과 레저형 직장인
　　　　중에서 레저형 직장인이 되겠다는 거죠?

김　환: 그죠. 뭐 방송 그렇게 오래 할 필요 있나요?

송은이: 야, 너 아나운서실 국장님 듣고 계시면 어떻게 하려고 그래?
　　　　아니 반듯하게 생겨서 화끈하네.

김　숙: 로또 한 20억 당첨됐어. 그럼 제일 먼저 뭐 할 거냐?

김　환: 저요? 생각을 안 해본 건 아니죠. 저도 지금 5년 동안
　　　　이거를 매주 하고 있거든요.

송은이: 그래서 최고로 당첨된 금액이 얼마였어?

김 환: 5천 원이요, 5천 원. 5천 원만 됐어요.

송은이: 아, 5년 동안 샀는데 5천 원?

김 환: 예, 배신감 엄청 들지만...... 예, 뭐 어쩔 수 없이.

송은이: 근데 환아. 너는 진짜 모르지? 몇 번이 당첨될지 모르지?

김 환: 아, 진짜 몰라요. 저도 5년 동안 하도 안 되니까, 5천 원밖에
      안 되니까...... 두 번 됐거든요. 너무 열이 받아가지고 이거는
      뭐 방송이고 뭐고, 진행도...... 아니 이쯤 되면 2등 한번
      줄 만하잖아요.

김 숙: 그래도 난 네가 멋있다. 들고 있는 그 로또 종이를 바로
      확인할 수 있잖아, 너는.

김 환: 예. 저는 추첨하면서 바로 봐요.

김 숙: 그래서 내가 봤는데 약간 표정 안 좋을 때 있더라고.

김 환: 추첨 용지를 읽고 바로 밑에다 깔고 들어가서 PD님한테
      한창 때 혼났던 적 있어요. 제가 로또에 목맸을 때는 첫 번째
      번호부터 여섯 번째 번호까지 가는데 톤이 달라지더라고요.
      처음에는 막 '첫 번째 볼입니다!!!' 나중에는 '자, 이제
      여섯 번째 볼은요...... 축하드립니다......' (의기소침)

김 숙: 아, 진짜 웃기다. 알았어. 그러면 로또랑 연금복권 중 하나를
      한다면 로또다?

김 환: 연금복권 뭐 390 들어오는 거 티가 안 납니다.
      그거 받아봤자 쪼.들.리.는 기.분.은 뭐 똑.같.을. 거
      같은데요. 그럼요. 예. 390 나눠 가지면 뭐합니까. 인생
      이거 뭐.

김 숙: 얘 이거 한방주의네. 390이 적대, 지금.

송은이: 아니 반듯하게 생겨서.

송은이: 이야~ 어디에서도 들을 수 없었던 살아 있는 이야기를 들었네요. 진행자가 큐카드 밑에 본인의 로또를 깔아놓고 있었을 줄이야.

김 숙: 예예. 그리고 첫 번째 번호와 마지막 번호의 톤 차이!

송은이: 그러면, 골고루 좀 리서치해봐야 하니까 연금복권 추첨 진행을 맡고 있는 **장성규** 아나운서에게 전화를 연결해보겠습니다.

송은이: 어. 성규야. 뭐 물어볼 게 있어가지고 전화했어. 어떤 청취자가 로또를 살지 연금복권을 살지 고민했거든. 그래서 로또를 진행하는 김환 아나운서한테는 굉장히 그...... 유용한 정보를 참 많이 얻었는데, 일단 연금복권은 어디서 주는 거야, 돈을?

장성규: 그것도 같은 복권연합회라고 해서, 로또가 연금복권도 인수를 해서 같은 재단이에요.

김 숙: 우리 그럼 장 아나는 로또 살래, 연금복권 살래?

장성규: 둘 다 좋거든요. 기본적으로 딱 반반. 반.반. 사는 게 가.장. 좋아요. 천 원씩, 2천 원.

김 숙: 아~ 하나씩. 그렇지. 연금복권의 좋은 점 이야기해줘.

장성규: 연금복권의 좋은 점! 일단 MC가 저고요. ......죄송합니다. 아, 그리고 사실 로또 1등 되서 흥청망청 오히려 안 좋게 된 케이스가 여러 번 있다 보니까 이런 차원에서는 연금복권을 따라오기 어렵죠.

송은이: 자, 그럼 이제 우리가 정리를 해봐야겠네요. 김환 아나운서는 무조건 로또다, 본인도 많이 샀었다. 로또랑 연금복권 중에 고르면 **로또**. 장성규 아나운서 같은 경우는 장점 두 가지를 이야기했으나 **별 장점이라 할 수 없는 것들**을 이야기해주셨어요.

비.밀.보.장.

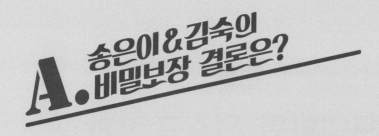

A. 송은이 & 김숙의 비밀보장 결론은?

 송은이: **로또!**

김 숙: 그래, 인생 뭐 있어? 한 방에 가자!

송은이: 20년 나눠 받다가 어찌 될지 모른다!

김 숙: **2천 원이 있다면 반반씩 사도 좋아.**

송은이: **누구나 가슴속에 2천 원쯤은 있잖아?**

Q.

토익학원, 월수금 갈까,
화목토 갈까?

"

외국어학원에 열심히 다녀보려고
하는데요. 아침은 학교 다니니까 안 되고
저녁반을 끊으려고요. 근데 보통 월수금반,
화목토반으로 되어 있네요. 금요일은 이런저런
약속이 많이 잡히고 토요일은 학원 나오기가
좀 싫을 거 같아서 고민이에요.
월수금반, 화목토반, 둘 중 어디를
등록하는 게 나을까요?

"

김 숙: 송은이 씨부터 결정하세요.

송은이: 저는 학원 안 다녀요.

김 숙: 다녔잖아요. 일어학원 다녔잖아요. 월수금 했어요?
화목토 했어요?

송은이: 매일반 다녔어요.

김 숙: 아, 월화수목금? 괜찮네.

송은이: **시작은 창대했으나 끝이 아주 미약했죠.** 김숙 씨는?

김 숙: 저는 학원을 다닌 적이 없습니다. 왜 다녀야 돼요? 다녀야
합니까, 꼭? **수업을 거의 월수금 갔었죠, 고등학교 수업을.**

송은이: 학교를? 졸업한 게 용하구나.

김 숙: 예예, 겨우겨우.

송은이: 잘했다, 잘했어. 아, 요거는 학원을 좀 잘 다니시는 분들한테
여쭤봐야 될 것 같은데.

김 숙: 있어요.

송은이: 아, 그 **토익 선생님!**

김 숙: 네. 한번 전화해볼까요?

김 숙: 언니, 나 궁금한 게 있어서 그러는데 언니가
영어 선생님이잖아요. 외국어학원.

토익 선생님: 그치, 내가 선생이지, 외국어학원. 근데?

김 숙: 근데 있잖아. 어떤 사람이 학원을 다니려고 해, 열심히.
근데 월수금반이 있고 화목토반이 있잖아. 화목토반을 할까,
월수금반을 할까 고민 중이야.

토익 선생님: 일단 화.목.토.는 항상 폐.강.이 돼.

송은이: 와, 이거 살아 있는 전문가 얘기다.

김 숙: 왜? 왜?

토익 선생님: 왜 사람 심리가 주 5일은 맨날 오기 힘들 거 같고, 그러니까 일주일에 한 세 번만 가야 될 거 같은 거야. 왜냐하면 저녁때 회식도 있을 거 같고 하니까.

김 숙: 아, 그럼 무조건 월.수.금.반을 들어야 되네.

토익 선생님: 그죠. 그래서 선생들도 월수금에 돈을 더 잘 벌고.

김 숙: 이러면 어쩔 수 없는 거네. 무조건 월수금 가셔야 되네.

토익 선생님: 당연하지!

송은이: 그러면 선생님 입장에서 화목토는 차라리 폐강이 되는 게 나은데, 한 명의 수강생이 있어요. 그러면 폐강 못 하죠?

토익 선생님: 어우, 그 한 명 정말 밉죠. 정말 밉죠. 그래가지고 막 대충 가르쳐주고.

송은이: Oh, My God~! 영업 비밀 아니에요?

김 숙: 아니, 선생님이야 더 좀, 좀 편하게 할 수 있는 거 아닙니까?

토익 선생님: 음. 아니죠. 그 친구가 없었더라면 난 집에서 편히 놀고 있겠죠. 그 친구가 눈치 없이 끝까지 온다면 돈도 안 돼, 몸 피곤해.

김 숙: 이건 정확하게 답이 나왔네요.

송은이: 응, 그러게요. 그럼 답을 다시 한 번 내려볼까요?

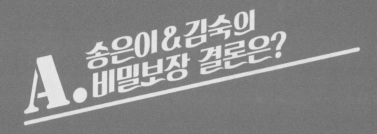

A. 송은이&김숙의
비밀보장 결론은?

김 숙: **월수금!**

송은이: 화목토는 거의 다 폐강이 된다.

김 숙: **토익학원 선생님들도 좀 쉬자!**

송은이: 월수금으로 **대동단결**하자!

Q.

털털한 남자,
왁싱할까, 말까?

66

〈나 혼자 산다〉에서 전현무 씨가
왁싱 하는 모습을 봤습니다. 저도 남자고
반바지를 자주 입는데 다리털이 많은 편이에요.
저도 다리털을 밀어야 하나요?
다리털 많은 남자가 흉한가요?

99

김 숙: 개그맨 김수용 씨 같은 경우 가슴에서부터 털이 쫙 있대요. 그래서 제가 그분 다리털을 밀었는데 그분이 화나가지고 제 한쪽 눈썹털을 밀었거든요. 눈썹이 없으니까 매직으로 칠해서 한쪽만 진하게 하고 다닌 적이 있었지요. **(아련)**

송은이: 반영구 문신이네요. 그때가 한 15년 전이었는데, 반영구 눈썹을 그때부터.

김 숙: 바로바로 해주셨어요. **매일매일, 눈썹이 다 자랄 때까지.**

송은이: 저는 팔에 털이 굉장히 많아요.

김 숙: 남자처럼 있어. 점점 남성호르몬이 많아지나봐. 이제 시커매졌네. 수영할 때 물속에서 봤는데 **미역을 깔고 다니는 줄 알았어요.** 너덜너덜하던데, 팔이랑 다리가.

송은이: 에이~ 그래도 미역은 아닙니다. 근데 가끔 여자분들 보면……

김 숙: 에이~ 또 이상한 소리 하려고. **비키니라인** 말하려고 그러죠?

송은이: 수경 끼고 잠수하면…… 아니 그러니까 나는 봤는데, 몇 번. 안에 팬티로 되어 있고 위에 이렇게 치마로 된 수영복 있잖아요. 물에 들어가면 치마는 위로 뜨니까.

김 숙: 나도 본 거 같아. 그래서 요즘은 거기도 다 하잖아, 비키니라인.

송은이: 그래, **왁싱 많이 하던데. 위생적이래요.**

김 숙: 여자들이 많이 하고. 비키니라인을 넘어선 분들이 브라질리언 왁싱을 하죠.

송은이: 그거 둘의 차이가 뭐예요?

김 숙: 내가 보니까 **비키니라인은 어느 정도만 쳐내는 거고.** 그다음에 브라질리언 왁싱은 거의 다 쳐내는 거예요, 다! 아니, 전화해보면 되지. 저 친한 분 중에 **브라질리언 왁싱을 해주는 분이** 있거든요.

김 숙: 야, 난 너무 궁금한 게 있는데 그거를 시술이라고 하냐, 뭐라고
　　　해야 되냐? 컷을 해주잖아. 그거 어디까지 컷을 하냐?

왁싱 전문가: 한 올 한 올 하는 사람들도 있고, 앞에만 조금 남겨놓고
　　　　　　다 미는 사람들도 있고.

김 숙: 아, 모양을 자기가 정할 수 있어?

왁싱 전문가: 일자로 하는 사람들도 있고. 근데 우리나라 사람들은
　　　　　　거의 삼.각.형.으로 많이들 해요.

김 숙: ......송은이 씨 그러지 마세요. 왜 연필로 그려봐, 자꾸?

송은이: 아니 삼각형은 어떤 느낌으로 되는지 보려고. 근데 배랫나루
　　　　이런 것도 다 디자인이 돼요?

왁싱 전문가: 배랫나루는 디자인이 아니라...... 허벅지랑 안쪽이랑
　　　　　　다 이어져 있단 말이야, 털이 많은 애들은. 그러니까 좀
　　　　　　배랫나루가 안 예쁜 애들은 라인을 잡는 애들도 있지만
　　　　　　거의 다 제거하죠. 가슴털은 자존심은 있어야 되니까
　　　　　　다 제거하진 않고 디자인하는 편이고. 그 왜 남자들은
　　　　　　젖꼭지에도 털 나고 그런단 말이야. 그것도 다 제거하죠.

김 숙: 야. 브라질리언 왁싱할 때 자세는 어떻게 해?
　　　　산부인과처럼?

왁싱 전문가: 개구리 자세. 다리 쫙 벌리고. 똑바로 누워서 다리를 쫙
　　　　　　벌리는 거죠.

송은이: 손담비가 〈미쳤어〉 할 때처럼 의자에 앉듯이 그렇게?

왁싱 전문가: 그렇지. 그렇게 하거나 아니면 한쪽 다리만 올려서
　　　　　　하거나. 한쪽을 민 다음 한쪽 밀고, 그렇게 하거든.

김 숙: 되게 민망하다. 야. 남자들도 왁싱할 때 개구리 자세 해?

송은이: 너 왜 그렇게 남자한테 관심이 많아? 남자 자세에?

김 숙: 아니 이분이 남자잖아요, 사연 주신 분이.

비 . 밀 . 보 . 장 .

송은이: 이분은 다리털이잖아.

김 숙: 다리털도 다 연결되어 있어, 털이 많은 사람들은. 그죠?

왁싱 전문가: 응. 원래 여자들은 샤타구니 쪽에 없잖아요. 근데
　　　　　　 남자들은 거기에 털 난 사람들이 많거든.

김 숙: 그래서 개구리 자세를 해야 되는 거야?

왁싱 전문가: 예. 그렇죠. 그리고 똥꼬까지 다 해주거든요.

송은이: 거기도 털이 나요?

왁싱 전문가: (진지) 나죠. 그 왜 털 많은 사람들 중에 똥꼬에도 털이
　　　　　　 많은 사람들은 쌀 때 묻어가지고 비데를 꼭 사용해야 해.

송은이: 아, 그럼 **위.생.적.인 차.원.**에서도 밀어줘야겠다.

왁싱 전문가: 응, 브라질리언 왁싱했던 사람들은 꼭 다시 해요.

김 숙: 혹시 특이한 모양 원하는 사람도 있었냐?

왁싱 전문가: **하트도 많이 하고요.** 번개 표시도 있고요. 그다음에
　　　　　　 네모난 거. 일본 순사 콧수염처럼 하는 것도 있고,
　　　　　　 종류는 되게 많아요.

김 숙: 그러면 사연 주신 분은 어떻게 하는 게 나을까?

왁싱 전문가: **제.거.를 하는 게 나을 것 같아요.** 좀 지저분해
　　　　　　 보이고, 뭐랄까. 좀 듬성듬성하고 잔잔하게 있고 색도
　　　　　　 흐리고 그러면, 털이 많은 사람들은 꼬불꼬불해지거든요.

김 숙: 그렇지. 그래서 일부러 반바지를 안 입는 사람들도 많더라.

왁싱 전문가: 예. 씻을 때 다리도 머리 감듯이 감는다고.

송은이: 레이저로도 가능한가요?

왁싱 전문가: 레이저로도 가능하죠.

김 숙: 다리 왁싱은 얼마야? 얼마 정도일까?

왁싱 전문가: 근데 이게 다 사람마다 달라요. 가격이. 정찰제가
　　　　　　 아니라서 하는 사람 마음이에요. **기본적으로는**
　　　　　　 한 4~5만 원 정도 할 거예요.

김 숙: 이 친구가 원래 마사지하는 친구인데 왁싱하는 걸 배웠어, 거금을 들여서.

송은이: 이것도 자격증 있어야 될 거 아니야?

김 숙: 네, 그런데 이게 또 배우는 과정에서 모델이 필요하대요. 그래서 절친한테 "야, 다른 사람한테는 내가 못 하겠고 너한테 좀 하면 안 되겠니?" 하고 섭외를 한 거지. 진짜 친한 친구거든, 10년 넘은. 그런데 그 친구가 하는 말이 **"아무리 그래도 너한테 다리는 못 벌리겠다."**

송은이: 나는 맡길 수 있을 거 같아. 오히려 친한 사람한테 더.

김 숙: (질겁) 아, 저 언니 변태인가봐!

송은이: 우리 언젠가 정말 **기술을 배우면 서로 품앗이합시다.**

김 숙: (무시) ……예. 결론을 내리도록 하겠습니다.

송은이: 다리에 털이 많아서, 밀어야 하는지 말아야 하는지 고민하시는 이분. 결론을 내려드리죠.

A. 송은이&김숙의 비밀보장 결론은?

김 숙: **왁싱하십시오.**

송은이: 미세요. 요즘 많이 대중화되고
저렴해졌는데요, 보니까.

김 숙: 또 금액도 많이 싸졌다고 하니까.
거기 밑으로만 딱 하면 되지.

송은이: **여름에 반바지 입을 때만이라도.**

김 숙: 저는 **레이저 제모도 추천**해드립니다.
레이저 제모를 하면 서서히 줄어드니까
그것도 한번 해보시면 좋을 것 같아요.

Q.

막장 술버릇,
어떻게 못 고칠까?

" 저는 항상 주량을 넘게 마셔서 개가 되고
쌈닭이 됩니다. 술이 한 번 입에 닿으면
멈출 수가 없어요. 절주하는 방법, 없을까요? "

" 제 고민은 술버릇이 좋지 않아 술만 마시면
사랑이 넘쳐서 취중고백을 남발하는 겁니다.
대상은 최근 통화목록에 있는 사람들이고요.
친구들과 어색해지고, 이러다가 택배 아저씨에게도
사랑 고백 할까봐 걱정입니다. "

김　숙: 와. 이거 진짜 고르기 어렵다. 저는 쌈닭이냐 사랑 고백이냐
　　　　하면, 그래! 사랑 고백이 낫겠다. 사실은 저 아는 분들 중에
　　　　술만 먹으면, 그냥 먹는 것도 아니고 **처먹으면 쌈닭이 돼가지고
　　　　막 때리고……** (흥분)

송은이: 너무 싫어! 술을 즐겁게 먹어야 하는데 폭력적으로 변하는 사람이
　　　　꼭 있어요.

김　숙: **개그맨 선배 중에 송○○이라는 분이 계셨는데,** 나한테 완전
　　　　주먹 날리고 그랬는데. 진짜 와~

송은이: 송, 송해 선생님?

김　숙: 송○○. 외자 아니고. 진짜 막 주먹 날리시고…… **(격한 흥분)**

송은이: 아. 송중근?

김　숙: 선배라고. 내 선배.

송은이: ……매번 그런 건 아니죠?

김　숙: 매번 그런 건 아닌데, 남자든 여자든 보자마자 "니가 나한테
　　　　해준 게 뭐가 있어?" 하면서 **주먹을 날리시더라고요.**

송은이: 그럼 그분한테 좀 잘하지 그랬어요.

김　숙: 도로랑 보도블록이랑 조금 한 15cm 정도 올라와 있잖아요?
　　　　거기를 베고 자더라고.

송은이: 척추는 소중하니까.

김　숙: **주차라인 밖에다가 신발을 가지런히 벗어놓고.**

송은이: (뻔뻔) 그분이 평소에 정갈하신 분이네요.

김　숙: 난 그분 예전이 더 멋있었어. **술 먹고 택시 타더니 기사님한테
　　　　내리라고 했잖아, 자기 차라고.** 차키 달라고. 자기 차 왜 몰고
　　　　가냐고 우기고.

송은이: 그분 얘기를 들어보니까 아직도 회개할 게 남아 있네요.

김　숙: 아니, 그런데 왜 이렇게 송은이 씨가 커버를 하시죠?

　　　　　　　　　　　　　　　　　　　　　비 . 밀 . 보 . 장 .

장판이 왜 이렇게 딱딱하냐... 음냐...

잠깐만요. 제가 아는 분 중에 **쌈닭으로 변하는 분**이 있는데
지금 전화 연결을 해가지고 물어보죠. 정확하게.

송은이: 여보세요? 숙이야, 웬일이야?

김 숙: 예. 사연이 좀 와가지고 좀 물어보려고요.

송은이: 아, 사연? 무슨 사연?

김 숙: 술을 먹으면 쌈닭이 된다고 하는데, 어떻게 하면 술을 끊을 수
      있을까? 아니면 쌈닭 되는 걸 좀 멈출 수 있을까?

송은이: 아, 그래. 술을 즐겁게 먹어야 하는데…… 뭐 그분한테 안 좋은
      일이 있어서 잠깐 그랬었던 것 같아. 그런데 죄를 미워하되
      사람을 미워하면 안 되지.

김 숙: ……지금 술 먹은 건 아니죠?

송은이: 여보세요? 안 들리네. 감이 머네. 여보세요? 엽떼여? 엽떼여?

김 숙: 술 먹고 맨날 종로 바닥, 명동 바닥에서 널브러져 있었다면서요?

송은이: 노숙도 해봤죠. 남산 밑에서.

김 숙: 진짜 조금만 예뻤으면 큰일 났을 텐데! 진짜, 진짜 아무도,
      아무도! 얼굴이 조금만 더 예뻤어도 진짜…… (애잔) 그렇게
      취해가지고 길바닥에 누워 있으면 사람들이 질질 끌어서
      경비실에 눕혀놓고 갔다면서요? 경비 아저씨가 잘 알고
      "아이고, 은이가 왜 이 지경이 됐냐" 이러시고?

송은이: 예. 그 아저씨 아직도 계세요. 그러니까 지금 생각해보면
      술버릇은 초.반.에 잘 잡아야 해, 처음에 먹을 때.

김 숙: 지금 방금 **김신영 씨**한테 전화가 왔는데,
      이왕 이렇게 된 거 연결을 한번 해볼까요?

김 숙: 너 혹시 술 먹고 쌈닭 되는 스타일이냐, 아니면 사랑 고백 하는 타입이냐?

김신영: 싸움하는 스타일이요.

송은이: 나랑 한판 붙자. 쌈닭끼리. (이왕 이렇게 된 것 부끄러울 게 없다)

김 숙: 근데 이제는 고쳤잖아. 이제는 안 그러지?

김신영: 저는 술 끊었어요. 아예 안 먹어요. 쌈닭들은 어쩔 수가 없거든요. 제 친구들 중에 기 치료도 좀 해보고, 다 해본 친구도 있었어요. 성격 좀 죽이려고.

김 숙: 근데 그게 잘 안 되지?

김신영: 안 돼요. 막장까지 갔었거든요. 그 친구는 결혼했는데 술 먹고 시아버지한테 담배 달라고. "오빠, 왜 이렇게 짜게 굴어?" 불 좀 붙여보라고 해가지고 망해서, 아예 술을 끊고 삽니다.

김 숙: 그럼 술을 어떻게 끊어? 술 먹는 사람들 이거 못 끊던데.

김신영: 되게 친했던 친구들인데, 술 먹고 다음 날 나를 쓰.레.기.로 보고 그러면 끊을 마음이 생기죠.

송은이: 그거 되게 기분 나쁘지.

김신영: 예. 그리고 다음부턴 나.랑. 같.이. 안. 먹.으.려.고. 그러잖아요.

송은이: 저기 신영아. 그런데 왜 전화한 거야?

김신영: 아, 부동산을 어떻게 해야 하는지 물어보려고.

김 숙: 그럼 사연을 보내, 그러면 김생민 씨한테 연결될 거야.

송은이: 어떤 분이 자기한테 딱 맞는 사연이 오면 언제라도 전화를 하라고 하셨거든요.

김 숙: 아, 그분도 술만 먹으면 쌈닭이 되는 분이군요?

송은이: 술만 먹으면 쌈닭이 되는 여자분의 사연 때문에 너한테
전화했다, 봉선아.

신봉선: 음. 분노가 많나보네, 분노가 많아. 이게 분위기에 취하고
그러다보면 선을 넘더라고요. 그래서 정.해.놔.야 해요.
"오늘은 딱 소.주. 세. 잔.까지만 마시자!"

송은이: 너는 제일 취했을 때, 언제까지 어떤 상태까지 가봤어?

신봉선: 한창 좋을 때는 아침 7시까지 마셔도 끄떡하지 않았어요.
주종을 네댓 가지 섞어도 끄떡하지 않았는데, 나이 먹고도
한창때를 생각하다보니까 계속 그거만 믿고,
믿다보니까 취하고 필름이 끊기고, 필름이 끊긴
상태에서 계속 마시게 되는 게 문제라는 거죠.

송은이: 맞아. 필름 끊긴 다음에는 기억이 없는 상태에서
술이 술을 먹는 거지, 진짜로.

신봉선: 그렇죠. 그런 게 문제이기 때문에 지금은 소주 한 병.
맥주는 배가 불러서 이제 좀 자제하고 있어요.

송은이: 저는 제 경험이기도 해요. 과거에 술을 너무 많이 먹었기
때문에…… 정말 개, 개, 개차반으로…… (흐려지는 초점)
그래서 지금은 거의 안 마셔요.

김 숙: 마실까봐 무서워. 그럼 난 백 퍼센트 맞게 되어 있거든.
요즘 송은이 주변에 사람들도 떨어져나가서 나밖에 없는데.

비 . 밀 . 보 . 장 .

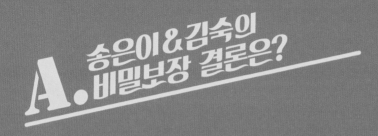

A. 송은이&김숙의 비밀보장 결론은?

송은이: **3회 이상 술버릇이 나올 경우에는 무조건 결심하고 끊어라.**

김 숙: 아예 끊어라. 한두 잔도 아니고, **이런 버릇을 갖고 있는 사람은 아예 끊어라.**

송은이: 싹을 잘라라. 한 잔도 먹지 마라.

김 숙: **송은이는 먹지 마라.** 절대로 먹지 마라.

이영자: 숙아. 중부고속도로 이제 들어가니께 우리가 휴게소에 꼭 들러줘야 돼.

김 숙: 휴게소에 들른다고요? 목적지까지 얼마 걸리지? 1시간 반이면 가지 않아?

이영자: 그니까 마음의 준비를 해야지. 여행 가는 거니까 여기서 정비를 해야 돼.
화장실도 좀 갔다 오고 그리고 여기서 언니가 겨란, 우리 언니가 겨란
저기 사온 게 있거든. 반숙 겨란. 죽는다.

김 숙: ······계란?

이영자: 응, 겨란. 반숙 겨란. 내가 여덟 개 사왔거든.

김 숙: 맛있겠다.

이영자: 응. 3일치 사왔는데, 여기서 하루치 먹자. 너 두 개. 나 두 개.

김 숙: 여덟 개? 3일치라 그래?

이영자: 응. 아니 너는 하나씩 줄라 그랬지. 남음 나 두 개씩 먹고.
근데 언니가 두 개 줄게. 가서 한 시간 있다가 밥 먹어야 되니까.
너 출출하잖아. 가볍게, 가볍게 여기서 그냥 겨란 두 알씩만 딱.

송은이: 이영자 씨와 간만에 여행을 다녀오셨군요. 그래서 목적지가?

김 숙: 제천. 서울에서 거기까지 휴게소가 몇 개 있지 않습니까?
문제 나갑니다. 휴게소 몇 군데 들렀을까요?

송은이: 갑자기 궁금해지는데요. 이 녹음을 어떻게 하신 건가요?

김 숙: 슥 갖다 댔죠. 슥 갖다 댔더니 언니가 또 좋아하면서······
언니는 몰라요. 휴대폰은 그냥 받는 걸로만 알고 있어요.

송은이: 이런 기능이 있는지 모르시죠?

김 숙: 잘 모르죠. 그래서 한참을 얘기하시더라고요.
계란 얘기 이전에 더 먹는 얘기를 많이 하셨어요.

송은이: 아, 그때는 녹음을 미처 누르지 못했고요?

김 숙: 예. 이영자 씨의 특징이 길 설명할 때 딱 나오지 않습니까.
"그니까 숙이야. 너는 너네 집에서 나와 가지고 거기 볼빽 맛있게
하는 집 있잖아. 거기서 좌회전을 해. 거기 언니가 매일 가는
베이커리 있지? 거기서 우회전을 해가지고 언니 매일 아이스커피
먹는 데 알지? 어. 거기 지하에 부대찌개 있는 데에 좌회전을
해가지고 쭉 오다보면 삼계탕 집 있잖아. 그래, 거기 앞에 언니
차가 있으니까 거기다 차를 세우란 말이여."

송은이: 아. 다 식당 이름으로?

김 숙: 식당 이름. 그것도 맛집만 골라서. 정확하게.

▶ ▶ 다음 이야기는 88쪽의 〈이영자의 마장 휴게소〉편으로 이어집니다.

Q.

게임 중독,
어떻게 탈출할까?

"

저는 대학교 3학년 학생입니다.
선배들이 말하길 요즘 취업을 앞두고 굉장히
중요한 시기라고 하는데 저는 이 중요한 시기에
게임에 중독됐어요. 온라인게임 롤 아시죠?
그거에 빠졌어요. PC방에 가서 8~9시간 내내
게임만 합니다. 이런 저도 제가 싫은데 참 끊기가
힘드네요. 이런 저, 어쩌면 좋죠?

"

송은이: 한때 저 아는 동생이 게임 페인이었어요. 어느 날 집에 갔더니 집에 컴퓨터를 세 대나 들여놨더라고.

김 숙: 어머, 그거 제대로다.

송은이: 방 하나에 테이블을 쫙 놓고, 스케줄 표를 갖다놓고. 사무실같이. 그러면서 "프로게이머들을 키우는 사무실을 할 거다." 그러는 거야, 게임 매니지먼트를.

김 숙: 가능하죠. 앞서갔네요.

송은이: 그러곤 점점 페인이 되더니 전화해도 안 받고 오후 4시에 일어나서 간단하게 닭 한 마리 시켜 먹고 자죠. 일어나면 그때부터 아침 7~8시까지 게임을 해. 그러고 또 쓰러져 자고.

김 숙: 남자가?

송은이: 여자가.

김 숙: 여자가?

송은이: 너! 너가! 모르는 척하냐? 네가! 네 얘기다! 기억 안 나냐? 생민이가 화장실 치워주고! 언니가 쓰레기 치워주고!

김 숙: (정색) 제가 말씀드릴게요. 송은이 씨가 오해를 하시는 것 같은데 **저는 컴퓨터를 네 대 돌렸습니다.**

송은이: 한 대 줄였다. 한 대 깎은 거다.

김 숙: 그리고 뭐 몇 시까지 게임을 했다고요? 하, 이 사람. **저는 해가 질 때쯤 잠에 들었습니다.** 완전 날밤을 까고.

송은이: 게임 매니지먼트는 무슨! 지도 무명 개그맨인데 누굴 키워?

김 숙: 아~ 그거 게임 진짜 못 헤어나오겠대~ 제가 한 2년 정도 거기 빠져 있었죠? 그때 스타크래프트가 유행했었고 그다음이 카트라이더!

송은이: 내가 해보니까 재미없더라고. 난 너구리. 1942. 아이템 먹으면 광선 칙! 보글보글이랑 테트리스.

김 숙: 저기...... 몇 년생이셨죠? 60몇 년생이세요?
　　　두 살밖에 차이 안 나는데 왜 게임 세대가 다르지?

송은이: 영화 〈국제시장〉이 내 얘기란 말이 있어요.
　　　자, 그럼 게임 얘기 하니까 개그맨 김수용 씨가 떠오르는데
　　　요즘도 게임하고 있는지 전화 한번 해봅시다.

송은이: 오빠 요새는 게임 안 해?

김수용: 안 하지.

송은이: 게임 어떻게 끊었어, 오빤?

김수용: 큰.일.을 겪어야 끊을 수 있어. 나는 어떤 놈이
　　　내가 떨궈놓은 좋은 무기를 가져갔어.

송은이: 아니, 나는 큰일이라고 그래서 집안의 무슨 대소사나
　　　이런 건 줄 알았더니.

김수용: (단호) 아니, 아니! 집안일이 아니야.

김 숙: 아버지의 유언 뭐 이런 건 줄 알았어.

김수용: 아냐, 아냐. 야, 이게 큰일이지. 현금으로 그게 2백만 원짜린데!

김 숙: 진짜? 그걸 왜 빌려줘!

김수용: 내가 그걸 매고 다녔거든. 그게 빛이 나. 그러니까 나한테
　　　"겸댕이님! 그 칼 나한테 한번만 줘보세요!" 그러는 거야.
　　　그래서 내가 한번 휘둘러줬더니 "너무 멋져요! 저도 한번
　　　휘둘러봐도 돼요?" 그러더라고. 자! 하고 내가 건네줬어.
　　　근데 없어졌어. 그 캐릭터가. 어? 렉 걸렸나? 그렇게 나간
　　　거야, 그냥. 내꺼 갖고 튄 거야, 그냥 먹튀로...... 씨.

김 숙: 그거 못 잡아?

김수용: 그래서 내가 게임 회사에 전화했지.

12번 서버의 검댕이입니다.

안녕하세요, 저 개그맨 김수용입니다. "아, 예. 웬일이세요?"
제가 12번 서버의 캐릭터 검댕이입니다. 제 칼을 어떤 놈이
가져갔습니다. 로그아웃했습니다. 그랬더니 해킹이 아니라
내가 준 것이기 때문에 자기네들이 관여할 수가 없대.
내가 실수한 거지.

김 숙: 그래서 그거 못 받았어요? 2백만 원 날린 거네?

김수용: 날렸지. 그다음부터 게임에 정.나.미.가 뚝. 떨어지는
거지. 너무 약한 무기들을 들고 다니니까 너무 허접해 보여.
그때 그 자꾸 빛나던 칼이 눈앞에 아른거리고.

송은이: 근데 지금 생각했을 때 어떻게 보면 그 먹튀하신 분이
고마운 거 아냐? 안 그랬으면 오빠는 계속 하고 있었겠지.

김수용: 고맙지. 안 그랬으면 정말 페인 됐을 거야.

김 숙: 어떻게 보면 지금 그 사람이 페인 돼 있을 수도 있겠다.
칼 막 휘두르면서 얼마나 신나게 더 하고 있겠어?

김 숙: 오빠는 충격이 컸나봐, 그게.

송은이: 지금도 약간 울분이 나오는 것 같은데? 울먹울먹 하는 것 같았어.

김 숙: 저는 사연 주신 게이머 님에게 그냥 못되게 얘기하고 싶어요.
끊어! 정신 차려!

송은이: 더 강하게! 아주 호되게 얘기해주세요!

비 . 밀 . 보 . 장 .

A. 송은이&김숙의
비밀보장 결론은?

비밀
보장

김 숙: 야, 이 #@%야.

김 숙: 게임 그만하고 정신 똑바로
차려! 네가 지금 게임할 때냐?
어? &$% 맞기 전에

김 숙: 당장 취업 준비해라잉?

송은이: 삐 처리 좀 해주세요.

김 숙: 송은이 씨는?

송은이: 네가 게임으로 보낸 시간은 누군가에게는
절실했던 하루야. 무기 기부하고
아이디 삭제하고 뛰쳐나와!

Q.
아이돌 때문에
눈만 높아진 나,
문제야?

66

요즘 꽃미남 아이돌 가수들이
너무 많이 나왔잖아요. 그래서 현실의 남자들이
눈에 안 들어옵니다. 소개팅에 나가도
다 평범해 보이고 재미가 없어요.
언니들도 방송하면 예쁜 애들 많이 볼 텐데 어때요?
이러다가는 현실에서 남자를 못 만날 것 같은데,
문제인가요? 끝으로 "방탄소년단 뷔!
누나가 많이 애낀다!"라고 전해주세요.

99

송은이: (흥분) 새로 남자 아이돌 그룹이 나올 때마다 "아아! 이제 이 이후엔 없다! 진짜 완성됐다!" 하는데 또 나와!

김 숙: (흥분) 또 나와! **업그레이드 버전**으로, 더 날씬하고 더 잘생긴 애들로! 정말 꽃미남에다가 너무 예쁜 애들이!

송은이: 으응, 우리 저기 해봅시다. 요 사연에 정말 최적화되어 있는, 정말 딱인 분이 있습니다.

김 숙: 아, 누굽니까?

송은이: 목이 길어서 슬픈 우리 **박소현 씨**.

김 숙: 아아! 박소현 씨가 잘 알아요?

송은이: 디제이를 10년 넘게 하고 계시다보니까 음악에 관심이 많으시거든요, **특히 아이돌에.**

김 숙: 으음~ 한번 얘길 들어봅시다.

송은이: 또 좋아하는 아이돌일 거야. **(통화연결음 듣는 중)** 보아네요, 보아.

박소현: 그래서 사연 주신 그분은 누구를 좋아하는 건데?

김 숙: 방탄소년단 뷔.

박소현: 어 정말~ 그렇구나. 방탄소년단 뷔를 좋아하면, **현.실.에서는 그런 사람 찾기가 너무 힘들 거야.** 뷔는 김다정 씨라고 다정하게 이렇게 웃는 영상이 너무 화제가 돼가지고~ 원래는 뷔라고 안 하고 우리는 다 김다정 씨라고 하지, 다정다정다정하다고. 그런 사람의 영상을 보다가 현실에서는 뷔 같은 사람은 만날 수가 없는 거지~ (달달달)

김 숙: 언니, 그러면 어떻게 해야 돼, 이 사람은?

박소현: 그래도 만남을 계속 시도해보면 그런 열정적이고 아이돌처럼
꿈을 갖고 있는 사람이 있긴 있을 거니까~ 만나기 전까지는
그 방탄소년단의 춤과 노래를 보면서 일단 계속 감동을
받으면서~ 왜냐면 방탄소년단은 자기들이 곡을 쓰기 때문에
가사에서 오는 어떤 공감대가 있어. (달달달)

송은이: 즐겨라, 그거구나.

김 숙: ......언니 얘기를 들으면서 생각나는 게 지금 사연 보내준
사람이 문제가 아니라 언니가 문제다 하는 생각을 한번
해봤어요.

박소현: 어쨌든 이런 것도 배우자를 만나든 안 만나든 해야 할
취.미.생.활.이라는 거지. 그러니까 현실에서 사람을
만나는 것과 이 취미 생활은 굉장히 별.개.야. 이렇게
취미생활을 한다고 해서 내가 남자를 못 만나고 그건 아니야.

송은이: 아이돌을 진짜 애정하고 좋아하는 것도 취미생활이다?

박소현: 응, 취미생활이지. 하루 종일 나가서 골프 치는 거랑 뭐가
달라? 똑같지.

김 숙: 그래, 그런 맥락으로 생각하니까 또 쉽게 들린다.

송은이: 언니! 앞으로 아이돌 얘기 나오면 언니한테
전화 좀 자주 해도 돼요?

박소현: 어, 근데 내가 아이돌 좋아하긴 하는데 기억을 잘 못 해가지고.

김 숙: 뭘 기억을 못 해요, 지금. 근데 이걸 어떻게 다 알아?
언니 기억력 안 좋기로 유명하신 분이잖아요.

송은이: 어제 샵에서 언니랑 만났다고 쳐. 그럼 다음 날 내가 "언니~"
그러면 "어머, 은이야! 너 어떻게 지내?(해맑)" 이런 언니거든.

김 숙: 그럼 언니, 뷔가 몇 살이죠?

박소현: 뷔가 몇 살인지 모르겠는데, 95년생이고.

김 숙: 언니...... 아, 진짜 이 언니 어떡하냐?

비 . 밀 . 보 . 장 .

언니, 제가 언니 안 지 20년 됐거든요. 저 몇 년생이에요?

박소현: **76년생.**

김　숙: **(정색) 나 75야, 언니.**

박소현: **(해맑) 아~ 숙이 75야?**

송은이: 완전 술술술 얘기하는데? **아이돌 브리테니커 백과사전**인 줄
　　　알았어.

김　숙: 나는 박소현 씨 같은 분들이 〈인기가요〉 같은 음악 프로그램
　　　엠시를 해야 한다고 생각해.

송은이: 박소현 언니가 하면 다르지!

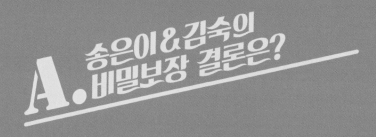

A. 송은이&김숙의 비밀보장 결론은?

송은이: **취미로 충분히 즐기시길** **바랍니다.**

김 숙: **젊게 잘 살고 있는 것이다,** 뭐 이렇게 결론을 내고 싶네요.

송은이: 근데 진짜 박소현 씨한테 그런 얘기는 하고 싶네요.

김 숙: 뭐라고요?

송은이: 동생들 생일도 좀 기억해라.

#〈비밀보장〉, 처음에 어떻게 시작하게 됐나요?

송은이: 저는 처음엔 그런 생각이 들었습니다. 서로 만나면 깔깔대고 아무것도 아닌
내용에 밤새 이야기할 수 있는 사소한 웃음거리를
더 많은 사람들과 함께 공유하면 어떨까?
그래서 김숙 씨에게 제안하게 되었지요.

김　숙: 원래 송은이 씨랑 호흡이 잘 맞았고 서로 같은 생각을 공유하고 있어서
〈비밀보장〉을 시작하게 되었습니다!

송은이: 게다가 당시에는 서로 바쁘지 않아서 〈비밀보장〉을 시작할 수 있었어요,
다행스럽게도.

〈비밀보장〉 편집 도대체 어디까지 하는 겁니까? 수위가 39금까지 올라갈 때도 있는 것 같은데, 어떤 기준으로 편집이 되는 것 같나요?

김　숙: 우리는 철저한 재미 위주입니다.

송은이: 거기에다 하나 덧붙이자면, '공감'!
재미있지만 우리끼리만 너무 웃긴 건 아닌가? 하는 것들은
철저하게 자체 검증을 거쳐 편집합니다.

김　숙: 우리 팟캐스트에 적절한 욕이 들어가는데 욕도 재미있어야
나가는 거지~ 재미없는 욕은 바로 편집합니다.

송은이: 우리는 의미 없이 무서운 욕, 아유~ 싫어합니다!

제2장

내 꺼인 듯
내 꺼 아닌 내 꺼 같은
연애 상담소

송은이: 우리가 첫 회 때 서로의 비밀을 하나씩 얘기하면서
　　　　시작하지 않았습니까?

김　숙: 맞습니다. 송은이 씨가 짝젖 얘기를 하셨죠. (아련)
　　　　사실 짝젖 때문에 〈비밀보장〉이 여기까지 온 거예요.
　　　　그때 빵 터지면서 모든 사람들이 "송은이 짝젖이라더라~".
　　　　메이크업실에서 만난 우리 후배가……

송은이: 말이 나와서 말씀을 드리는데, 커밍아웃 하나 또 하는 겁니까?

김　숙: 잠깐만요! 신보라 씨를 만났어요.

송은이: 제 얘기는 아니고요, 신보라 씨. 노래 잘하는 신보라.

김　숙: 신보라 씨. 노래 잘하는 신보라.

송은이: "신보라: 선배님, 스케줄 가십니까?"
　　　　송은이: 어어~ 그래, 수고해!" 그러고 돌아서는데
　　　　신보라가 와서 귓속말로 "**저도 짝젖입니다.**" 하고 갔어요.

김　숙: 그걸 이렇게 그냥 밝히면 어떡합니까?

송은이: 그래서 제가 얘기했죠.
　　　　"**보라야, 사람은……** 누구나 조금씩 달라……"

김　숙: 아니 신보라 씨가 나와서 할 얘기를 지가 좀 웃기려고 여기서……

송은이: 웃기려고 그런 게 아니라 솔직히 여기서 말을 안 할 뿐이지
　　　　한번 곰곰이 생각해보세요. 사람은 다 반을 가르면
　　　　비대칭이라 했단 말이야!

Q. 이번에 남친이랑 1박 2일로 부산에 가기로 했어요. 속옷은 뭐 사가죠? 하얗고 청순한 레이스? 아니면 살짝 섹시한 블랙?

A. 아, 이 언니 센스 없네. 속옷이 뭐가 중요해, 지금?

Q. 저는 덧니가 굉장히 심해서 올봄에 교정하려고 병원 알아보고 있었는데, 남친이 교정을 왜 하느냐고 정색하네요. 자기는 제 덧니가 예쁘고 사랑스럽다는데요. 교정할까요, 말까요?

A. 남친이 예쁘고 사랑스럽다고 하면 교정하지 마세요. 이 남친이랑 헤어지고 그다음에 덧니를 좀 이상하게 느끼는 남친이 생기면 그때 교정하면 되니까.

Q. 남친이 바람 피는 거 같은데 휴대폰을 볼까요, 말까요? 비번은 알고 있거든요. 휴대폰 훔쳐본다는 게 안 좋은 거 알지만, 이대로 모른 척할 수만은 없잖아요.

A. 저 같으면 바로 훔쳐봅니다. 비번 알고 있는데 왜 안 훔쳐봅니까? 티 안 나게 살짝 훔쳐보고 바람 피는 게 아니면 '아, 내가 예민했나보다, 기분 탓인가보다' 생각하면 되고요. 진짜 안에 뭐 이상한 게 있다 그러면 그 자리에서 핸드폰 집어 던지면서 싸워야죠.

비.밀.보.장.

Q. 남친이 저한테 만날 "자기는 코가 너무 예뻐. 코 한 거 아니지?"라고 물어보는데요. 솔직히 코는 안 했는데 눈은 했어요. 자꾸 저한테 예쁘다고 하는 남친한테 코 말고 눈 했다고 이실직고할까요, 아니면 굳이 말하지 말까요?

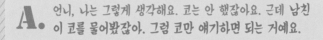

A. 언니, 나는 그렇게 생각해요. 코는 안 했잖아요. 근데 남친이 코를 물어봤잖아. 그럼 코만 얘기하면 되는 거예요.

Q. 소개팅한 남자와 네 번째 만나고 웃으면서 헤어졌는데 집에 도착하니까 문자가 왔어요. 인연이 아닌 것 같다고. 제가 까인 이유가 뭐죠? 물어볼까요, 말까요?

A. 언니 정말 너무 눈치가 없다. 그냥 까인 건 까인 거예요. 왜 이유를 알고 싶어 해?

Q. 여덟 살 연하 미국인 남친과 5년 사귀었는데 그 사람이 하도 이기적으로 굴길래 차버렸어요. 근데 그 뒤로 계속 이메일과 SNS로 매달립니다. 그냥 모른 척하면 일에 방해될 정도로 메일을 보내고요. 이제 그만 보내라고 하면 관심 가져주는 것처럼 보일 것 같은데, 쌩깔까요, 말까요?

A. 아니, 5년 정도면 괜찮잖아. 알 거 다 알고, 여덟 살이나 어리고. 나는 한번 더 기회를 주고 만나봐라, 이런 얘기를 해보고 싶어요.

Q. 키 164cm, 몸무게 75kg인 여자입니다. 남친을 사귄 뒤 10kg이 쪄서 뚱뚱이가 됐는데요. 남친은 지금 제 모습이 예쁘다고 살 안 빼도 된다고 하는데 친구들과 가족들은 살 빼라고 난립니다. 남친도 나도 괜찮으니까 그냥 놔둘까요? 아님 억지로 살을 뺄까요?

A. 나는 남친이 선의의 거짓말을 했다고 생각해. 왜냐하면, 가족이고 친구고 다 빼라고 난리잖아. 난 언니가 10kg 갑자기 빼는 건 무리지만 건강을 위해서 서서히 빼라, 이런 얘길 해주고 싶어. 적정선은 73kg? 일단 2kg만 빼보자잉~

Q. 결혼 적령기를 지나고 있다보니 선이나 소개팅에 자주 나가게 되는데요. 평소에 싼티를 숨기고 내숭을 떨어서 소개팅을 한 다음 나중에 차차 본모습을 보여주는 게 나을까요? 아니면 처음부터 있는 그대로의 모습을 좋아해줄 그런 남자를 기다릴까요?

A. 내 경험을 바탕으로 얘기해줄게. (한숨) 세상에 감출 수 없는 세 가지가 있어요. 재채기, 사랑하는 감정, 그리고 마지막이 싼티예요. 싼티는 감추려야 감출 수가 없어요. 난 언니의 싼티를 사랑해줄 남자를 만나야 된다, 그러니까 그대로 밀고 나가라, 그렇게 정리할게요. ……나 아직도 기다리고 있어.

뭐를?

남자를. 싼티를 사랑해줄 너. 내 얘기…… 듣고 있니? (울먹울먹)

Q.

소개팅할 때 답변은. 솔직하게? 매너 있게?

66

전 성형외과 의사입니다. 소개팅을 하면
여자들이 자기는 어디를 손보면 되겠냐고 열 명 중
열 명이 다 물어보네요. 궁금해하는 거 같아서
솔직히 보이는 대로 "미간에 보톡스를 맞으면 좋겠네요,
인중이 짧으니까 코끝을 조금 올리면 좋겠어요."라고
얘기해드리는데 굉장히 기분 나빠 하시더라고요.
그래서 "고칠 데 하나 없이 아름다우세요." 하면
가식적이라고 또 뭐라고 하시네요. 앞으로 이런 질문
받으면 뭐라고 말하는 게 나을까요?

99

김 숙: 송은이 씨는 무슨 말 듣고 싶어요?

송은이: 나는 "쌍꺼풀 하신 거죠? 쌍꺼풀은 괜찮은 거 같은데
좀 입이 작으니까 입술 좀 뒤집는 거 어때요?" 이렇게 말해주면
"그래요?" 할 것 같아. 솔직히 내가 내 수준을 아는데.

김 숙: 나는 그런 얘기를 들으면 **"뭐야~ 아, 그래도 팬찮지 않아요?"**
막 이럴 거 같아.

송은이: 그게 가식적이라는 거지. 그리고 솔직히 네가 몇 번이나
소개팅 나가봤다고 그러냐?

김 숙: 나는 정신과 의사랑 한 번 해봤어요. 근데 그분이 자꾸
절 **연구**하려고 그러시고 자꾸 **치료**하려고 그래가지고
'아~ 이 사람은 안 되겠다. **내가 정상으로 돌아오겠구나.**'
생각했지요. 왜냐면 제가 개그맨으로서 특별한 재능을
갖고 있는 건데.

송은이: 김숙 씨가 진짜 그런 거에 둔한데, 처음으로 느꼈다죠?
아, 이 사람은 날 연구감으로 생각하고 있구나.

김 숙: **그 사람 논문 준비하고 있었을 거야, 아마 분명히.**
(흥분) 나를 아주 그냥, 어!

송은이: 이 사연은 그럼 어떤 분하고 얘기해봐야 할까?
성형외과 의사하고 해봐야 돼요?

김 숙: 여자의 마음이 궁금한 거니까 여자한테 하는 게 맞죠, 이거는.
제 친구 중에 소개팅만 백 번 한 애 있어요. 걔한테 전화해볼게요.

친 구: 진짜 마음에 안 드는 상대라면 아무래도 후자 쪽이 낫지,
그래도, 마음에 안 들면 그냥 내 이미지를 좋게 남기려는

경향이 있더라고, 대체적으로.

김 숙: 포장을 해주는 게 낫다?

친 구: 아름답게 남겨야지 내 이미지가 더러워지지 않고
다음 선자리를 위해서도 좋지. 친구들한테 내 이미지는
항상 나이스한데 소개팅한 상대의 아주 작은 부분이 마음에
안 들어서 안 된 거라는 식으로 포장할 수 있으니까.

송은이: 야~ 괜찮네. 그니까 성형외과고 아니고를 떠나서
맞선 자리에 나온 많은 남자들이 솔직히 상대가
마음에 안 들면 그냥 나는 이미지 좋게 하고,
치.고. 빠.지.는. 식.?

친 구: 대놓고 소개팅한 상대에 대해서 '이것도 안 되고 저것도
안 되고 그것도 싫다' 이러면 친구들이 싫어해. 내 이미지를
아름답게 이어가면서 '소개팅한 상대와 나는 뭔가 교류가
없었다'라고 친구들한테 말하기 위해서는 아무래도 포장하는
게 좋지.

김 숙: 어차피 오래 볼 사람 아니니까? 진심을 다하지 않아도 된다는
마음이 있다는 거지?

친 구: 어~ 그냥 실수하지만 마요. 요즘 젊은 사람들은 어떤지
모르겠지만 결혼이 걸린 선자리에서는 보통은 아.름.답.게
마.무.리.하려는 경향이 있죠.

송은이: 이야~ 전문가네, 진짜? 살아 있네, 조언이!

김 숙: 결혼한 지 10년 돼서 이제 선하고는 멀어졌지만
감각이 살아 있어! 자, 결론 내려드립시다.

아름다운 마무리를 위해...

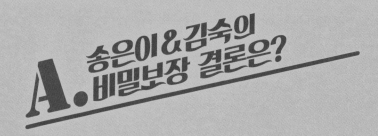

A. 송은이&김숙의 비밀보장 결론은?

송은이: **마음에 들면, 솔직하게 얘기하라. 단 매너 있게.**

김 숙: 마음에 안 들면, 그냥 예쁘다고 해라.

송은이: 이미지 좋게 끝내야 다음의 만남을 위해서도 좋다.

김 숙: 소개팅을 주선해준 친구들에게 보이는 이미지도 신경 써라.

Q.

직업 때문에 바람날 것 같은 남친. 그만두라고 할까?

66

제 남친은 타투이스트입니다. 남친한테는
여자 손님이 정말 많습니다. 그런데 어느 부위에
작업하는지 어떤 도안인지 말을 잘 안 해주고 회피합니다.
뻔하죠, 뭐. 가슴이나 쇄골, 골반, 엉덩이, 허벅지 안쪽,
이런 데가 대부분일 텐데, 아무리 직업이라지만
다른 여자의 은밀한 부분을 보고 만지고 한다니까
화가 치밀어 오릅니다. 남친한테 다른 직업을
알아보라고 말한다면 제가 이상한 건가요?
그러다 딴 년이랑 바람나면 어쩌죠?

99

김　숙: 타투 해봤어요? 나는 해봤는데~ 아이라인 문신.

송은이: 눈 밑에 찌르면 너무 아플 거 같아.

김　숙: 눈 밑에를 누가 해? 눈 위에 하지. 위에 할 때는
　　　　요즘은 심지어 눈을 빼요. 그니까 뺀다는 게…….

송은이: *뭘 빼? 알을?*

김　숙: 그니까 눈을 뺀다는 게 아니고 라인을 쭉 뺀다는 거야.
　　　　눈 끝을 정말 길게 빼요. 아예 문신으로. 요즘에는 예전처럼
　　　　까만색으로 안 해. 나중에는 그게 회색이 되너라고.

송은이: 맞아. 그러니까 저기 지방 촬영 다니다보면 눈이 약간
　　　　퍼러신…….

김　숙: 옛날에 하신 분들은 그렇게 되어 있고 약간 갈매기 눈썹으로
　　　　해놨잖아요. 그래서 그분들이 '뭐?!' *약간 물어보는 듯한,*
　　　　화난 듯한 그 눈빛 알죠? '뭐?!'

송은이: 아. 이거 사진 찍어서 올리고 싶다. 김숙 씨 진짜 못생겼다.
　　　　너 너무 못생겼어.

김　숙: *'뭐?!' 이렇게, 웃고 있는데도. '뭐?!'* 나 깜짝 놀랐어.
　　　　그 사람들이 화내는 줄 알았어. 근데 화내는 게 아니죠.
　　　　눈썹 문신을 너무 화나게 해놓은 거야.

송은이: 아니 근데 문신을 할 땐 등만 해도 그래. 홀딱 벗고 있을 거
　　　　아니에요? 아니 등을 하는데 왜 홀딱 벗어? 등만 벗지.

김　숙: 문신을 할 때 살이 늘어나니까 약간 펴서도 하고 막 그런단
　　　　말이에요. 촘촘히 메꿔야 하기 때문에. 이렇게 잡고 폈다 늘였다,
　　　　알죠? 촘촘하게 메꿔야지 오래간단 말이에요.

송은이: 문신을 했는데, *심바를 귀엽게 했는데 봤더니 엄청 큰 사자.*
　　　　사파리 사자 돼 있었다고. 살이 쪄가지고.

김　숙: 점점 커진다며 지금? 엄청 커지고 있다며?

뭐?!

등은 괜찮아. 근데 가슴은, 에이. 가슴을 쥐었다 폈다 해야 되잖아.
그냥 이렇게 멀리 떨어져서 하는 게 아니잖아.

송은이: 남친의 직업이니까 **프로패셔널하게 이해를 해라, 너 왜 쏘쿨하지
못하냐** 할 수도 있는데, 이걸 누구한테 물어보지?

김 숙: **황보 씨**한테 물어볼까요? 이분은 등에다가
자기 이름을 새겼거든요.

황 보: 그렇게 따지면 밖에 돌아다니면 안 돼요. 길 가다 부딪쳐서
바람나면 어떡해요? 그건 고민이라고 할 수 없어요. 매연
때문에 밖을 어떻게 돌아다녀요? 별게 다 걱정인 거 같아요.

송은이: 무슨 소리지?

황 보: **바.람.날 사.람.은 나.고.**

김 숙: **안. 날. 사.람.은 무조건 안. 납.니.다.**

황 보: 아유~ 그거 때문에 직업을 그만두라고 하면 뭐 먹고 살라고.

송은이: 그 되게 어둡고 조용하고 뭐 이렇게 좀, 약간 장소나 분위기가
묘하다는 것 같은데.

황 보: 아마 타투 하는 데마다 타투이스트들만의 색깔이 있을 거예요.
각자 카페마다 분위기가 다 다르듯이. 아마 그런 (분위기 묘한)
가게를 내신 거 같아요. 아니면 사연 주신 분이랑
타투 하다가 만났거나.

김 숙: 본인도 그랬기 때문에 의심할 수 있다는 거지?

송은이: 오~ 포인트가 다르네.

황 보: 그래서 나이트에서 부킹하다 만난 커플은 의심이 많아서
나이트를 못 가게 합니다. 거기서 만났기 때문에 불안해서.

김 숙: 오키. 그러면 전혀 바람날 일이 없다?

황　보: 그런데 그렇게 이야기하고 싶은 게, 저도 뭐 연애하면서
　　　　집착도 하고 그랬을 거 아닙니까? 근데 **남자들은 여자들이**
　　　　집착하면 할수록 더 멀어질 수밖에 없어요.
송은이: 직업을 바꾸라고 하는 거까지는 집착이다?
황　보: 그죠. 만약에 여자친구 말 때문에 직업을 바꾼다면, 그 여자를
　　　　정말 사랑하거나 '나 이 여자 아니면 못 살아' 이거겠지만,
　　　　그러다가 여자친구가 바뀔 수 있어요.

송은이: 직업을 바꾸라고까지 이야기하는 건 어떤 경우에도 아닌 거 같아.

김　숙: 바람 필 사람은 어떻게든 바람을 펴. 안 필 사람은 어떤 악조건
　　　　속에서도 안 펴요.

송은이: 너무 그럴 수 있으니까 대화를 한번 나눠보는 건 좋을 거 같아.
　　　　네가 예술가로서 인정받아서 많은 여성 소비자들이 찾는 건 좋다.
　　　　그러니 네가 날 정말 사랑한다면 이 부위, 저 부위만큼은 하지 마.
　　　　합의선으로서, 나는 예를 들어서……

김　숙: 어디요? 비키니라인 하지 마라?

송은이: 그렇죠, 그렇죠. **마지노선**을 정하는 겁니다.

김　숙: 그러니까 우리가 사회 통념상 안 된다고 생각하는 부위들이
　　　　있잖아요. 우리가 좋아하는 브라질리언왁싱 라인까지는 안 된다.

송은이: 답이 쉽지는 않아요. 그래도 결론을 한번 지어볼까요?

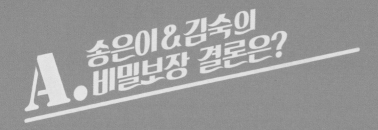

A. 송은이&김숙의
비밀보장 결론은?

송은이: **대화로 풀어라.**

김 숙: 얘기하지 마. **믿어!**

송은이: 마지노선.

김 숙: **믿으라고!**

송은이: **마지노선을 정해라.**

김 숙: 비키니라인까지는 하지 마!

Q.

소개팅 앞둔 뚱녀, 어울리는 스타일 없을까?

66

이번에 제가 점 찍어둔 남자와 소개팅 할
기회가 생겼습니다. 아는 선배의 친구인데
소개받고 싶다고 졸라서 겨우 하기로 했어요.
꼭 예쁜 모습으로 나가서 성공하고 싶습니다.
문제는 제가 얼굴은 좀 예쁜 편인데 몸이 좀 뚱뚱해요.
83kg에 10사이즈 여성은 도대체 뭘
어떻게 입어야 예쁠까요? 예전에는 가리면 됐는데
지금은 참 답이 안 나옵니다.

99

김 숙: 송은이 씨도 엄청 뚱뚱했을 때 있었잖아.
술 퍼마시고 보도블록에서 자던 시절.

송은이: 그때는 마시기만 하면 그렇게 얼굴에 살이 붙었어,
땡땡 부어가지고. 그런데 나같이 손발이 가늘면
뚱뚱해져도 옷 입기가 좋아.

김 숙: 손목 발목이 가늘구나, 마치 새처럼.
그러면 뭐 입고 나가는 게 날씬해?

송은이: 봄이니까 꽃무늬 원피스 입어야시.

김 숙: 그렇게 입고 나가면 부담스럽대. 남자들이 좀 거부감
느낄 수 있대. 연애 상담하시는 분이 그러더라고.

송은이: 그럼 넌 뭐 입을 건데?

김 숙: 나는 뭐 샤, 샤넬 NO.5만.

송은이: 몸에 바르고? 소개팅에?

김 숙: 소개팅에. 파격적으로.

송은이: **신고 안 당하는 게 다행이지.** 그리고 한번 가봐라.

김 숙: 소개팅이 없거든. 주변에 살쪘는데 옷 잘 입는 사람 없어요?

송은이: **이국주 씨**한테 전화해보는 거 어때?

김 숙: 아, 국주가 옷을 잘 입지. 쇼핑몰도 하잖아.

송은이: 국주야, 지금 어디니?

이국주: 이천에 잠깐 내려왔습니다.

송은이: 이천에서 뭐해? 너 쌀밥 먹고 있구나?

이국주: 비슷합니다. 제가 며칠 아파서 오늘 엄마가 맛있는 거

먹고 오자고 그래가지고 한식 먹고 있습니다.

송은이: 국주야. 너 아파서 살 좀 많이 빠졌겠는데?

이국주: 네. 아프니까...... (잡음)

송은이: 여보세요?

김 숙: 너 뭐 먹고 있었지, 금방?

이국주: 에이~ 아닙니다. 저도 사람인데 설마 통화하면서 먹겠어요?

김 숙: 약간 몰래 먹는 느낌이었어. 입이, 입이 약간.

송은이: 휴대폰이 팍 떨어진 느낌이었는데?

이국주: 씹는 거 안 들어가는.

김 숙: 맞잖아, 에이 씨. 야, 국주야. 몸무게 83kg에 10사이즈야.
요 정도는 그렇게 뚱뚱한 편 아니지 않냐?

이국주: 그죠. 그리고 10사이즈라는 건 없습니다. 77, 88, 99
다음에는요. 100, 110, 120, 130 이렇게 갑니다.
어차피 큰 사람들은 검은색 옷을 입으면 흑곰이라고 하고
하얀색 옷을 입으면 백곰이라고 하고 초록색을 입으면
슈렉이라고 하고 빨간색을 입으면 제육볶음이라고 합니다.

송은이: 야, 그러면 무슨 색깔 옷을 입어?

이국주: 그래서 제가 생각하는 것은, 어차피 뭘 입어도 그런 쪽으로
갈 거라면 옷을 잘 입는 뚱뚱이가 되자, 이런 마인드거든요.
근데 검은색을 입으면 날씬해 보인다는 얘기가 있잖아요.
그거는 44나 55들이 조금 더 말라 보이려는 정도인 거지
저희가 입으면 면적이 넓기 때문에 기둥 같고 답답해 보일
수가 있어요.

김 숙: 기둥 같대.

이국주: 그래서 저는 약간 좀 파스텔 색깔 쪽으로. 너무 흰색은
솔직히 좀 부담스러우니까 하늘빛 나는 색이나
핑크색이나 살구색같이 순.한. 색.으로.

송은이: 그러면 치마를 입어야 되냐, 바지를 입어야 되냐,
쫄바지를 입어야 되냐, 스키니진을 입어야 되냐?

이국주: 저 같은 경우에는 **엉덩이를 가리기 위해서** H라인 말고
A라.인. 치.마.를 입거든요.

김 숙: 그럼 소개팅 의상 머리부터 발끝까지 쫙 설명해줘.

이국주: 우선 머리는 너무 과한 웨이브는 안 됩니다.
해리포터에 나오는 헤그리드처럼 보일 수 있거든요.
그래서 **머리는 최.대.한 차.분.하고 착.하.게 하는**
게 좋을 거 같고요. 그리고 위에는 **타이트한 흰.색. 티.**를
입어요. 흰색 반팔티를 약간 딱 붙게 입고 배와 엉덩이를
가려주는 멜.빵.치.마.를 입는데 파스텔톤 멜빵은 거의
없으니까 청이나 아니면 네이비로 나온 멜빵치마를 입는
거죠. 신발은 무릎도 조금 덜 아프면서 사람을 보기에도 힐이
불쌍하단 얘기가 안 나올 정도의 **웨지힐.**

김 숙: 아~ 네가 불쌍한 게 아니고 힐이 불쌍하게 보이는 거?

이국주: 예, 그리고 **가방은** 들고 다니는 **손가방으로.** 왜냐하면
적당한 순간에 배를 좀 가릴 수 있고 상대가 뒤로 올 때를
생각해서 엉덩이를 좀 가릴 수 있게끔 자연스럽게
움직일 수 있는 걸로요.

송은이: 아니 그러면 이왕 나온 김에 그것도 좀 알려줘.
첫눈에 사로잡는 비법.

김 숙: 내가 듣기로는 국주가 남자친구 없던 적이 없었대.

이국주: 덩치가 있으면 좀 세 보이는 게 있잖아요, 아무래도.
그래서 순한 성격이 그나마 반.전. 매.력.을 줄 수
있는 것 같아요. '아, 얘가 지 먹을 거만 챙기는구나!'
이런 느낌 안 들게.

송은이: 이거 중요하다, 진짜!

국주처럼~♥

이국주: 덩치가 있으면 애 되게 잘 먹을 거라는 생각을 한단 말이죠.
그렇다고 해서 덜 먹으면 '어? 얘 의외로 덜 먹네.
집에 가서 먹나?' 막 이런 생각을 할 수도 있어요.
그렇다고 해서 잘 먹는 거 보여줬자 더 좋지가 않아요.
차라리 덜 먹는 거를 보여주는 게 더 좋은 거 같아요.
'얘는 정말 그렇게 안 먹는데 왜 찌지?' 이런 생각이
차라리 처음에 들게끔.

김 숙: 여자들한테 호기심이 있어야지 남자가 끌린다더니 너는
먹.는. 걸로 호.기.심.을.

이국주: 오늘 한식을 먹었으면 다음번에는 서양식을 먹어서
'이런 걸 먹어서 쩠나?' 근데 그것도 잘 안 먹어.
'어? 그럼 뭐지? 도대체 얘 군것질을 많이 하나?'
그럼 또 군것질을 잘 안 해. '도대체 얘는 뭐 때문에 이런 건가.
아, 정말 너무 안타깝다. 이렇게 안 먹는데 왜 이렇게
살이 찐 걸까?'

송은이: 일리가 있다. 그러면 소개팅 전에 뭘 좀 먹고 가나?

이국주: 저는 메이크업할 때 30분 먼저 더 준비를 해서,
달걀프라이에 밥을 한 그릇 먹고 갑니다.

김 숙: 그렇지. 그래야지 좀 자제를 할 수 있는 거지. 에피타이저지?

이국주: 예, 적당하죠. 달걀밖에 안 먹었으니까.

송은이: 국주야. 이분한테 진짜 도움이 많이 됐을 거 같아.
소개팅을 앞둔 이분한테 마지막으로 해줄 말 있어?

이국주: 내가 봤을 때는 성격으로 매력을 보여줘야 된다는 생각을 하고
살아야 됩니다. 그렇기 때문에 장기간 동안 천천히 다가갈
생각을 하시고, 그리고 어차피 우리가 딱 첫눈에 반하게 할
외모가 아니라면 매.력.적.인 여.자.가 되어야 한다는
사실을 알아야 합니다.
그래서 성격으로 보여줘야죠.

김　숙: 어차피 상대방이 나한테 첫눈에 반하기긴 어렵잖아요.
　　　　냉정하게 봤을 때 송은이 씨도 그렇고 저도 그렇고 다.

송은이: **(정색하며)** 뭘 송은이 씨도야?

김　숙: 이렇게, 이렇게, 이렇게 쌩까는 게 난 너무 웃겨.

송은이: 언니한테 쌩까다니?

김　숙: 진짜 한 대 치고 싶어. 지금 **라이터를 맞아 쥘 뻔했어.**

송은이: 잡아봐요. **(잠시 정적)** 근데 **라이터를 왜 갖고 있어요?**

김　숙: 여기 앞에 라이터가…… 누가 놔뒀네, 초 켠다고.
　　　　암튼 결론 냅시다. 뭐라고 해야 되지?

송은이: 지금 머릿속에 떠오른 그 얘기를 하시면 돼요.

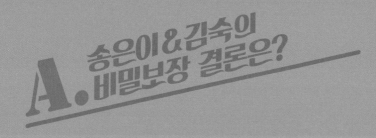

A. 송은이 & 김숙의 비밀보장 결론은?

김 숙: **국주처럼!**

송은이: **A라인 멜빵치마에 타이트한 흰색 티! 머리는 차분하게, 손가방 들고, 웨지힐 신고.**

김 숙: 매력적인 **성격으로 사로잡아라.**

송은이: 호기심을 불러일으키면서!

김 숙: 꼭 성공하세요.

송은이: **매력을 보여줘!**

Q.

커밍아웃,
부모님께 할까, 말까?

"

현재 20대 후반 취준생 남자입니다.
전 게이입니다. 초등학교 6학년 때 제 정체성을
알았지만, 부모님께 걱정을 끼쳐드리기 싫어
계속 숨긴 채 거짓된 삶을 살아왔습니다. 커밍아웃을
할까 생각해봤지만 외동아들인 제가 게이라는 걸
부모님이 알게 된다면 너무 큰 충격을 받으실 거 같아요.
하지만 그냥 이렇게 숨긴 채 살기엔 너무 괴로운데
이런 저, 부모님께 커밍아웃을 해야 할까요,
말아야 할까요?

"

김 숙: 나는 솔직히 말해서 커밍아웃 안 했으면 좋겠어. 왜냐?
　　　아직까지는 우리 사회가 열려 있지가 않아요.

송은이: 오히려 주변 친구들한테 알리는 건, 친구들은 이해할 거야,
　　　그래도. 근데 부모님이니까 너무 힘들 거 같은데.

김 숙: **부모님한테는 안 했으면 좋겠어.** 아니, 제 주변에도 게이들이
　　　좀 있어요. 근데 그분들은 부모님한테 다 오픈을 안 했어요.
　　　친구들이나 최측근들한테는 숨길 수가 없으니까 다 얘기를
　　　했어요. 다 얘기를 했기 때문에 농담도 해요.
　　　어우, 난 남자 좋아하잖아~ 막 이렇게요.

송은이: 이 사연에는 정말 **적당한 분**이 있는 거 같은데, 연결만 되면.
　　　이분한테 전화를 하면 될까? 받으려나? 요즘 엄청 바쁘던데.

김 숙: **오빠도 외동 아니야?**

홍석천: 나도 외동아들이지. 그래도 누나들이 둘이 있으니까
　　　그나마 손자손녀들도 있고. 그런 식으로 가족을 꾸린다는 게
　　　부모님들은 이해가 가나봐. 내가 뭐 조카들 케어하고
　　　이런 것들이.

송은이: 아, 역시 부모님이라.

홍석천: 처음에는 다 힘들어. 어느 부모님이나 주변 사람들이나
　　　너무 힘들고 그래서 보통 웬만하면 나는 **커.밍.아.웃.을.**
　　　하.지. 말.라.고. 하는 편이거든. 부모님께는 너무
　　　큰 아픔이기 때문에. 외동아들이니까, 부모님이 느끼는
　　　실망감이 더 굉장히 클 거란 말이지. 부모님들 중에서도
　　　받아줄 수 있는 여유가 있는 분들이 계시고
　　　죽어도 안 된다는 분들이 계시거든.

비 . 밀 . 보 . 장 .

송은이: 사연을 보냈을 정도면 굉장히 부모님이 완고하신 편 아닐까?

홍석천: 그렇지, 대단히 완고하시고.

김 숙: 결국은 평생 숨기기는 어렵잖아. 이 정도면 좀 밝혀도 된다, 이런 나이가 있을까?

홍석천: 30대 초.반에서 30대 중.반. 커밍아웃을 하면 보통 부모님들이 가장 먼저 하시는 말이 "너 나가!" 이거거든요.

송은이: 아, 오빠네도 그랬어?

홍석천: 우리 엄마 아빠는 안 그랬지. 근데 이제 보통 내 주변에 있는 어린 친구들이 커밍아웃을 하면 부모님들이 "너 나가! 호적 파!" 뭐 이런 거예요. 특히 아버지 쪽에서. 그니까 부모님 입장에서는 '나가서 고생하고 반성하고 정체성을 바꿔서 다시 들어오라.' 이런 거야. 근데 그게 바뀔 게 아니거든.
어쨌든 집에서 쫓겨날 것까지 생각하면 조그만 방 하나 내가 구할 정도로 경.제.적.인 안.정.이 되어 있으면 좋지.

송은이: 커밍아웃을 하기 전, 결심이 서기까지 되게 어려웠을 거 같아. 어떻게 결심하게 된 거야?

홍석천: 나 같은 경우는 공인이니까 인기가 좋아지면 좋아질수록 주변 사람들이 자꾸 묻잖아. "너는 왜 여자친구가 없냐, 너는 왜 결혼 생각 없냐, 너는 왜 맨날 남자애를 하고만 다니냐." 이런 것들이 날 되게 불편하게 했고, 나도 몰래몰래 사랑을 하는데 사랑하는 사람을 누구한테 마음껏 자랑하지 못한다는 게 너무 슬펐어. 애인을 맨날 친구라고만 소개해야 되니까. 그래서 내 인생에 중요한 것이 뭔가를 고민했지. 그러다가 '사랑이 우선이다!' 이렇게 생각했어.

김 숙: 오빠, 이분이 지금 듣고 있어요. 듣고 있을 거야. 응원의 메시지 한번 해줘.

홍석천: 어. 커밍아웃이라는 것은 언제해도 괜찮은 거지만
　　　　그 시기나 결정이 굉장히 중요할 때가 있어요. 본인 스스로가
　　　　잘 준비되어 있는지도 생각해보고 커밍아웃을 하면
　　　　그다음에 따르는 책임이 굉장히 커지니까 잘 생각해서
　　　　결정했으면 좋겠고 부모님들하고 대화는 두려워하지
　　　　않았으면 좋겠어. 부모님은 어찌됐건 사랑스런
　　　　내 자식이고 아들이라는 걸 알고 계시기 때문에
　　　　처음 반응은 굉장히 거칠고 울고 난리가 나겠지만 시간이
　　　　지나고 본인이 진실된 모습을 보여드리면 어느 순간에
　　　　인정하실 수도 있으니까. 단 항상 건강 조심하고.
　　　　난 왜 이럴까, 왜 이럴까, 하면서 스스로 자책하지 말고
　　　　스.스.로.를 먼저 아.끼.고 소.중.하게 생각하면
　　　　다른 주변 사람들도 본인의 정.체.성.이 뭐가 됐던
　　　　많이 사.랑.해주고 아껴줄 거라는 것들
　　　　절대 의심하지 말기를.

송은이: 아, 로맨티스트다. 진짜 오빠 같은 남자 없나?
　　　　옛날에 우리가 오빠 멋있다고 되게 좋아했는데.

김　숙: 아니, 무슨 소리야? 석천이 오빠 나한테 청혼했어!

송은이: 진짜야?

김　숙: 오빠가 그랬지. "숙아. 우리 결혼만 할래? *식만 올려, 식만.*"

송은이: 아~ 식만 올리자?

김　숙: 오빠가 이태원 가게에 있는 돈통은 내 거라며
　　　　같이 남자 꼬시러 가자고.

송은이: 근데 심지어 오빠가 이길 수도 있어.

비.밀.보.장.

A. 송은이&김숙의 비밀보장 결론은?

김 숙: 하지 마.

송은이: 때를 기다려. 때가 있다.

김 숙: 30대 중반쯤 돼서 집 사고.

송은이: 또 모르죠. 중간에 마음이 바뀔 수도 있고.

김 숙: 아무튼 지금은 너무 적극적으로 하지 마.

송은이: 부모님뿐만 아니라 **스스로 준비가 덜 된 상태일 수 있으니까.**

김 숙: 응. 아직은 하지 마요.

#쉬어가는 코너 - 이영자의 마장 휴게소

이영자: 김 매니저. 마장휴게소는 꼭 들러야 한다. 여기는 완전 휴게소의
　　　　백화점이야. 없는 게 없어. 여기에 온갖 먹을거리가 천몇 가지 있어.
　　　　다른 데는 2백 가지도 없거든.

김　숙: 뭐 먹게, 언니?

이영자: 골고루. 이것저것.

김　숙: 아니 저기 도착해서 뭐 먹자며?

이영자: 그 전에 간단하게. 아니 간단하게. 여기 휴게소는
　　　　그냥 이 자체로 볼거리야. 닭꼬치 같은 것도 되게 맛있어.
　　　　여기서 닭꼬치 하나씩만 딱 때리자. 닭꼬치 하나 딱 때리고
　　　　목마르니까 그냥 물 먹기는 좀 그렇잖아?

김　숙: 그죠. 뭐 먹게? 커피?

이영자: 닭꼬치엔 아이스커피. 괜찮지 않니? 멕시코 애들은 다 이렇게 먹어.
　　　　매콤한 거에다 이렇게 커피하고.

김　숙: 그래? 멕시코 안 가봤잖아?

이영자: 가봤어, 옛날에 홍진경이랑. 그때 타코를 처음 먹어봤지. 진경이랑 나랑
　　　　맛있게 모습을 딱 찍어야 되는데 비위에 안 맞는 거야. 입에 딱 넣으니
　　　　그 향이 너무 진해가지고 둘이 동시에 웩~

김　숙: 언니가 뱉은 것도 있어?

김　숙: 점심을 먹으러 가고 있는 중이었어요, 제천에. 그래서,
　　　　우리가 점심을 먹었을까요? 미리 좀 말씀드릴까요?
　　　　한 명은 먹었습니다. 예. 여기까지.

▶▶다음 이야기는 143쪽의 〈이영자의 여주 휴게소〉편으로 이어집니다.

　　　　　　　　　　　　　　　　　　　　　비 . 밀 . 보 . 장 .

Q.

황홀한 첫 키스의 추억, 어디가 명당일까?

> 그녀와 3주째 만나는 주말 데이트 때
> 키스를 시도하려고 합니다.
> 어디에서 하는 게 좋을까요?
>
> 1. 여친 집 근처 산책로
> 2. 남산 촛불 레스토랑
> 3. 데려다주는 버스 안 뒷좌석
> 4. 영화관
>
> 이 중에서 결정 좀 해주세요.

김 숙: 자, 요건 제가 상담 들어가겠습니다.
저 원래 김숙이 아니라 **김쭉**이었거든요.

송은이: 아, 이름이 왜 그런지 알겠다. **데리고 다니기 쭉팔려서.**

김 숙: 아이, 이 사람이! 키스가 기본적으로 **쭉쭉**거리지 않습니까?

송은이: 안 해본 티 난다, 안 해본 티. 누가 키스할 때 쭉쭉 소리가 나냐?
쭉쭉보다는 뭐랄까…… **첩첩**이 가깝지.

김 숙: 첩첩? **후릅후릅**이죠.

송은이: 이 사연에 대한 답은 남자 입장에서 들어보는 게 좋을 것 같은데,
옛날에 홍대에서 의자왕이라 불렸던 **우승민 씨**한테 물어봅시다.

우승민: **4번 영화.관.** 괜찮네. 일단 1번 여친 집 근처는 안 돼.
여친네 부모님한테 걸릴 수 있고 사람들을 만날 수도
있으니까.

송은이: 그럼 2번 레스토랑은?

우승민: 거기도 별로야. 사람들한테 들킬 수가 있잖아. 다소 은밀하게
해야지. 영화관은 어두우니까 안 들킬 수 있다고.

김 숙: 옆 좌석은? 옆 좌석에서 볼 거 아냐?

우승민: 영화 보고 있겠지. 실제로 영화관에서 키스하는 사람들
좀 있던데?

김 숙: 너무 꼴불견이던데? 그렇게 키스하면.

우승민: 몰래해야지, 몰래. 심리적으로 좀 그런 거 있잖아.
몰래한다는 거에 뭔가 스릴이 좀 있거든.

김 숙: 그럼 어떤 영화를 봐야 돼? 대놓고 진짜 야한 영화를 보면
좀 그렇잖아.

우승민: 아무거나 상관없어. 대신 재미없어야 돼.
재미있으면 영화에 빠져든다고.

송은이: 너무 야하지 않고 약간 예술성 있는데 좀 지루한 거?

우승민: 그치. 지.루.한. 영화는 극장 안에 사람이 별로 없다고.

김 숙: 위치상 맨 뒷자리가 좋은 거야, 앞쪽이 좋은 거야?

우승민: 뒤쪽이 좋지. 여자친구도 안심할 수 있는 뒤쪽.
그런데 누구랑 키스하려고?

송은이: 아, 아니 우리가 하는 게 아니고.

김 숙: 내가 한다는 게 아니고 누가 이렇게 고민을 물어온 거야.
3번 버스 뒷좌석은 어때?

우승민: 요즘엔 사람들이 찍어서 인터넷에 올릴 수 있거든.
진짜 조심해야 돼.

송은이: 아, 지금 우승민 씨가 되게 논리적으로 얘기를 해주셨거든요.
그래도 여자 입장에서 어떤지 한번 들어보고 싶은데
우리 주변에 연애 박사 있어요?

김 숙: 연애 박사 있죠, 김늘메 오빠. 여자는 아니지만 여자의 감성을
굉장히 잘 알아요. 근데 요즘 내 전화를 안 받아.

김 숙: 오빠. 다름이 아니고, 내가 생각하기에 내 주변에
여자의 마음을 가장 잘 아는 사람은 오빠라고 생각해.

김늘메: ......숙아.

김 숙: 과거에 연애 박사였잖아.

김늘메: 숙아, 너 〈비밀보장〉 얘기하려고 하는 거지?

김　숙: 와~ 이렇게 눈치가 빠르다? 오빠, 여자친구 있어?

김늘메 : 나? 지금은 없지.

김　숙: 그럼 송은이 어때?

김늘메: 누구?

송은이: 못 들은 척하지 말고.

김늘메: 은이 누나 왜? 은이 누나? 왜?

송은이: 대답만 해, 인마. 왜냐고 물어보지 말고.

김늘메: "대답만 해, 인마"에서 이미 답 나오지, 뭐.

송은이: 늘메야. 솔직히 너는 네 군데 다 경험이 있지?

김늘메: 나는 있지. 그런데 첫 키스는 장소가 중요하진 않아.
　　　　사실 분위기가 더 중요한데, 예기치 못했을 때 다가오는
　　　　설.렘.이나 스.릴.이 있어야 되거든.

송은이: 분위기 하면 2번 레스토랑이 낫지 않을까? 촛불 켜놓고.

김늘메: 미리 다 준비해놓고 "지금부터 뽀뽀를 할게, 너는 눈을 감아."
　　　　뭐 이렇게 뻔히 보이는 수작을 걸면 사실 여자 입장에서는
　　　　기억에 많이 남진 않겠지.

송은이: 너처럼 본능적으로 눈빛만 봐도 아는 사람이 있지만
　　　　사연 주신 분은 준비하는 스타일인 거 같아.

김늘메: 그러신 거 같아. 지금 3주째 사귀었는데 키스를 못 하고
　　　　장소를 구하는 정도 같으면 되게 즉흥성이 없고
　　　　적극적이라기보다는 예의를 중시하는 분 같고
　　　　눈치를 많이 보시는 분 같은데.

김　숙: 아마 주말 데이트 코스를 본인이 짜신 거 같아. 그중에서는
　　　　어떤 장소가 좋겠냐는 거지.

김늘메: 그럼 마.지.막 코.스.에서 해야겠다. 중간에 시도했다가
　　　　실패하면 서로 뻘쭘해지거든.

송은이: 김숙 씨는 첫 키스 어디서 했었다고요?

김 숙: 저는 어지간한 장소에서는 다 한 것 같아요.

송은이: 웃기지 말고. 지어내지 말고.

김 숙: 제가 그때 어금니가 빠질 정도로 했다고요. 공사장, 놀이터,
재건축 현장…… 예, 많은 곳에서 했죠.

송은이: 넌 그래서 진짜 안 해본 티가 나는 거야!
첫 키스라는 게 장소를 정해놓고 하는 게 아니거든.
그냥 누가 먼저랄 것도 없이 그냥 **전기가 이렇게 빡!**
와서 하는 게 첫 키스지!

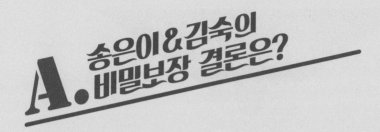

A. 송은이&김숙의 비밀보장 결론은?

송은이: 레스토랑, 버스는 일단 탈락!

김 숙: 주위를 잘 살피고 분위기를 틈타서 영화관이나 마지막 장소에서 하세요.

송은이: 사실 장소보다는 느낌이 중요해!

송은이와 김숙에게 묻다!
비보 인터뷰

두 분이 얼마나 마음이 잘 맞는지 보겠습니다.
둘 중 하나를 동시에 골라주세요.

짜장면 or 짬뽕
둘 다: 짜장면!

아메리카노 or 카페라테
둘 다: 아메리카노!

장동건 or 원빈
송은이: 장동건!
김　숙: 원빈!

고스톱 or 섯다
송은이: 섯다!
김　숙: 고스톱!

낮저밤이 or 낮이밤져
송은이, 김숙: 낮저밤이!
김　숙: 아... 역시.
송은이: 예, 맞네요.

식욕 or 수면욕 or 성욕
둘 다: 수면욕!
김　숙: 오~ 반신욕이 없네요?

10점 만점에
7점!

비 . 밀 . 보 . 장 .

이제 더 어려운 문제 갑니다.

지금 먹고 싶은 음식은?

둘 다: 물!

여행가고 싶은 나라는?

둘 다: 아이슬란드!
우와~~~~~~~

내가 생각하는 대한민국 최고의 개그맨은?

송은이: 김숙!
김 숙: 이영자!
송은이: 아이, 안 맞네. 내 이럴 줄 알았지!
김 숙: 미안해, 송은이라고 했어야 됐는데. 아! 죄송해요!
　　　　　이렇게 주고받는 건 줄 몰랐네요.
　　　　　솔직히 진짜로 웃기다고 생각하는 개그맨 누구입니까?
송은이: 아, 이영자 씨죠!

지금 당장 보고 싶은 사람은?

둘 다: 엄마!
송은이: 헉! 진짜야?
김 숙: 무서워!
송은이: 나 엄마 본 지 한참 됐거든. 얼굴 본 지.

제3장

청춘아, 그만 좀 아파라! 취준생&신입직원 맞춤 상담소

김 숙: 송은이 씨는 개그우먼 안 했으면
　　　직장생활 가능했을 것 같아요?

송은이: 우리가 적성 검사를 해봤잖아요? 나 사무직 나왔어요.

김 숙: 직장인이라는 것 자체가 딱 틀에 박혀서
　　　탁탁 움직여야 되는 거잖아요. 그래도 어,

송은이: 매일매일 패턴이 비슷한 거죠. 그래도 어,
　　　난 굉장히 잘 맞는다고 생각해요.

김 숙: 그렇다고 마흔 넘어가지고 지금 엑셀을 배우고 있으면 어떡해?
　　　가르쳐주면 또 까먹고, 가르쳐주면 다시 까먹고,
　　　까먹고 까먹고 까먹고…… (급수습)
　　　그래도 난 이 사람 자랑스럽습니다. (자랑)

송은이 :나 얼마 전에 복사해서 다른 데 붙여넣는 거를 배웠어요. (자랑)

김 숙: 아, 그런 게 있어요? 저는 엑셀 못 하거든요. 멋있네요.

송은이: 언젠간 다 써먹을 데가 있을 거예요.
　　　김숙 씨는 적성 검사에서 뭐 나왔죠?

김 숙: 나는 자유인이요…(두리번두리번)
　　　저 죄송한데 오늘이 막방이에요. 저 나갈게요.

송은이: 그래요, 편하게 해.
　　　내가 직장인처럼 다 마무리하고 청소하고 갈게요.

김 숙: 저 지금 먼저 나갈게요. (전화받더니) 여보세요? 예?

송은이: 왜 그래? 뭐?

김 숙: 예~ 지금 바로 차 빼드리겠습니다.

송은이: 진짜…… 가지가지한다.

Q. 직장 상사가 토요일에 쉬라고 하면서 자기는 주말 출근을 하겠다는데 이거 어쩌하죠? 저도 주말에 나가야 하나요? 아님 그냥 쉴까요?

A. ······이 오빠인가 언니인가 모르겠지만, 그냥 쉬라면 쉬세요. 쉬라잖아. 왜 직장 상사 말을 안 들어? 나는 쉴 거야. 나는 쉰다.

Q. 저는 회사원인데요. 매일 점심시간마다 스트레스예요. 회사 언니들이 매일 저보고 메뉴를 정하라는데 힘들어 죽겠어요. 메뉴 좀 추천해주세요.

A. 아~ 나는 이런 거 진짜! 정말 막내일수록 더 힘들어. 왜냐면 이게 다 결정장애에서 오는 거거든요. 뭘 시킬지 모르니까 그냥 쉬운 사람한테 시키는 건데 내가 정확하게 얘기해줄게!

일주일 메뉴를 짜주세요.

비 . 밀 . 보 . 장 .

목요일부터. 목요일에는 **김치볶음밥**을 먹으세요. 그리고 금요일에는 **김치볶음밥**을 먹고요. 그럼 주말이고, 그다음 주 월요일에 가서 새로운 마음으로 **김치볶음밥**을 시키세요. 화요일에는 신선한 뭔가가 필요하니까 맵싸한 **김치볶음밥**을 먹어요. 수요일에는 좀 칼칼한 무국에 **김치볶음밥**을 시키세요.

저기, 이보세요. 다 김치볶음밥이잖아요.

이러면 더 이상 안 시켜. 일주일 동안 똑같은 메뉴를 하면.

 Q. 같이 일하는 여자 상사가 사무실에서 사적인 통화를 너무 크게 해서 스트레스 쌓여요. 전에 한번 목소리 너무 크다고 정공법으로 지적했다가 삐쳤는데 이번엔 뭐라고 돌려서 말할까요?

A. 이 사람이 진짜 너무 크게 말하는 건지, 언니가 예민해서 그런 건지, 아니면 그 상사를 너무 싫어해서 목소리가 크게 들리는 건지 모르겠거든. 그래서 이렇게 합시다! 그 상사의 목소리를 녹음해요. 그리고 우리 메일로 넣어줘요. 냉정하게 판단을 해줄게. 그럼 우리가 진짜 귀한 선물 그거 있잖아요? 손세정제! 그걸 상사분께 보내드릴게요.

아! 사연 보내주신 분이 아니라 상사한테? 이 상사 분은 갑자기 손세정제를 받게 되겠네요.

어. 니 목소리 커서 선물 주는 거다. '니 똥 굵다'랑 비슷한 거지.

Q. 일산의 제법 괜찮은 곳에서 낸 구인 광고를 봤습니다. 문제는 우편 접수나 인터넷 접수가 안 되고 본인이나 대리인의 방문 접수로만 지원서를 받는대요. 저는 대구에 있는데 하루 휴가를 쓰고 왕복 10만 원 투자해서 접수해야 할까요?

A. 이거는 방법이 있죠. 송은이 씨 일산 살아요. 대리 접수 가능합니다. 저희한테 연락주시면 송은이 씨가 집 가는 길에 툭 던져놓고 가는 걸로. 걱정 마세요.

제가 해드릴게요, 진짜로.

Q. 제 생일이 다가오고 있는데요, 직장 상사가 뭐 갖고 싶냐고 자꾸 물어봐요. 솔직하게 아이워치라고 얘기할까요? 아니면 그냥 립글로스 이런 쓰잘데기 없는 걸 얘기할까요?

A. 진짜 친한 언니라면 아이워치라고 솔직하게 대답해라, 이렇게 얘기하고 싶지만…… 직장 상사입니다. 상사가 물어볼 때는 예의상 물어보는 것도 있거든? 그래서 그냥 쓰잘데기 없는 립글로스 뭐 스킨로션 같은 거 얘기하는 게 맞고요. 직장 상사니까 기본적으로 내 책상 주변을 왔다 갔다 할 거 아네요? 그럼 책상에다 붙여놔라. '아이원어스톱워치'(황급) 아니, 스톱워치가 아니지.

Q. 전 월급쟁이 직딩인데요. 엄마는 인생 어찌될지 모르니 나중을 위해 죽도록 월급을 모아 밑천을 마련하라는데, 제 생각은 젊을 때 좋은 차도 타고 여행도 다니면서 아낌없이 쓰는 게 맞는 거 같거든요. 월급을 받으면 다 모으는 게 맞나요, 다 쓰는 게 맞나요?

A. 깔끔하게 5 대 5! 5 쓰고 5 모으자. 왜냐하면, 이게 사실 직장이 쉽지가 않아요. 직장생활 해본 사람은 알거든. 5는 쓰자, 자기를 위해서. 그것도 안 쓰면 내가 뭐 때문에 사는지 모른단 말이야.

Q. 새로 부서를 옮겼는데 술 먹고 회사 상사한테 "실장님 처음 봤을 때 양아치인 줄 알았어요. 쌩양아치!"라고 했네요. 용서를 빌까요, 말까요?

A. 나는 이런 거 용서를 안 빌었으면 좋겠어. 저지른 건 저지른 거잖아. 굳이 용서를 빌어야겠다면 그냥 커피 한 잔이랑 살짝 "그날은 죄송했어요" 정도만. 대놓고 "정말 죄송했습니다!" 이건 아닙니다. 그냥 툭 치고 넘어가는 정도면 모를까.

사과를 할 땐 가볍게, 애교스럽게?

왜냐면 술 먹고 송은이 찌가 저한테 주먹을 날렸을……

알겠습니다! (급 마무리) 자! 감사합니다.
다음 코너로 넘어갈게요!

Q.

가수가 되고 싶은데, 꿈이냐, 현실이냐?

“

제 나이 서른. 꿈을 더 좇느냐
그만두느냐가 고민입니다. 저는 아카펠라라는
특수한 음악을 하고 있어요. 그 꿈을 위해
4년에서 5년간 배고프게 살고 있죠. 우리 팀은
방송국 여기저기 행사도 뛰고 그랬는데
살림살이는 그 전에 비해 크게 나아진 것도 없고
그냥 제자리인 거 같고, 발전이 하나도 없네요.
돈이 안 되는 제 꿈의 직업, 아카펠라.
그만두고 현실로 돌아오는 게 맞는 건가요?

”

송은이: 이 사연은 어떤 분에게 좀 여쭤볼까요?

김 숙: 송은이 씨한테 여쭤보는 거 아니에요? 배고프게 음악 했잖아요? 고등학교 때부터 음악을 했으니까.

송은이: 근데 배가 고픈 적은 없었던 거 같아요. 다행히 일찍 데뷔를 해서 20대에 적은 출연료지만 그래도 받긴 받았고요.

김 숙: 근데 지금도 꿈을 버리지 않았잖아요.

송은이: 지금도 배고프지 않아서.

김 숙: 좀 무명 생활 오래 한 사람 있어요?

송은이: 정인 씨한테 해볼까?

김 숙: 너 무명이 몇 년이었냐?

정 인: 지금도 모르는 사람 많을 텐데? 얼굴은 특히나 못 알아보는데.

김 숙: 맞아. 화장 지우니까 아예 모르겠더라.

송은이: 보육시설에 봉사하러 갔는데 애들이 계속 물어보더라고. 저 여자 누구냐고.

정 인: 그때 애들이 그랬잖아요. "왜 유명한 사람 안 왔어요?"

김 숙: 우리가 또 음악의 배고픔은 또 모르잖냐. 그래서 네 무명 기간이 궁금했고, 무명일 때의 서러움을 어떻게 좀 떨칠 수 있는지……

정 인: 저는 20대였으니까 무명의 설움 같은 건 생각할 겨를도 없이 그냥 했죠. 근데 또 30대가 딱 됐을 때는 주위에서 많은 압박이 오잖아요.

송은이: 정치랑 너, 연애를 한 9년 했잖아. 처음에 만났을 때는 정치도 완전히 이름 없는 기타리스트였고. 그러면 사실 남자친구의 미래를 좀 보게 되잖아. 근데 너는 그런 거에 대해서는

아무 생각도 없었다는 거지?

정 인: 그렇죠, 그냥 잘생긴 얼굴 보고 만난 거죠. 얼굴이 마음에
들어서.

김 숙: 예?

송은이: (잠시 침묵) 얘 독특해. 정인이 유난히 독특해.

정 인: 그냥 사람이 좋으니까. 그리고 뭐랄까, 큰돈을 벌 건 아니어도
당장 재밌게 살고 뭐 그럴 것도 아니고, 뭔가 감사할 수 있을
거 같은 그런 느낌?

송은이: 야, 둘 다 미쳤어. 그냥 음악이 좋아서 하는 애들이라
내가 보기에는 좀 일반적이지가 않아, 이 부부 케이스가.

정 인: 그래도 지금 사연 보낸 분이 현실의 문제 때문에
갈등하시는 거잖아요? 저는 지.금. 하.는. 것.을
계.속. 하.다.보.니.까 언젠가 되더라고요.
거기까지 힘들어서 그렇지.

송은이: 그러니까 정인 씨는 그저 미친 듯이 음악을 했더니
이 자리에 와 있어서 그 기간이 어땠는지 오히려
기억 안 나는 상황인 거 같기도 하고.

김 숙: 그리고 제가 보기엔 정인 씨는 무조건 긍정적인 아이예요.
반면에 **조정치 씨**는 진짜 무명이 길었고 어떤 면에서는
굉장히 현실적인 얘기를 해줄 수도 있어.

송은이: 나는 어느 정도인지는 잘 몰라서 그러는데 홍대에 수많은
밴드들이 있잖아. 악기 메고 다니는 사람도 있고 그런데,

실질적으로 수입이?

조정치: 아예 제로인 사람도 있어요.

김 숙: 그러면 뭐 먹고 살아?

조정치: 솔직히 클럽에서 공연 한 번 해도 돈 안 주는 사람도 많고요.
저는 연주라는 기술이 있어서 그걸로 돈을 벌었지만
그마저도 없으면 진짜 돈. 벌. 길.이 막.막.한 건
사실이에요.

김 숙: 그러면 사실 노래하는 사람이 더 배고플 수 있겠네?

조정치: 노래하는 사람은 훨씬 더 힘들죠. 사실은 그 사람이 설 수
있는 무대도 적고 흔히 말해서 가수로서 성공할 수 있는
사람들은 정말 극극극소수죠.

김 숙: 너는 사실 무명들을 많이 봤으니까 이분이 어쨌으면 좋겠어?

송은이: 냉정하게 얘기 좀 해줘봐.

조정치: 냉정한 대답을 원하신다면, 고민이 되신다면
그냥 안. 하.시.는 게. 나아요. 근데 이미 공연을 많이
하시는 거고, 주변으로 이렇게 눈이 이미 돌아간다면 사실
버티기가 더 힘들 가능성이 커요. 근데 저에게 감정적으로
물어보신다면 저는 계.속. 하.라.고 하고 싶어요.

김 숙: 아~ 이거 음악 하는 사람이라 포기하라는 얘기를 못 해, 사실.

송은이: 그럼 정치야, 너는 행복하니? 결혼 생활이? 그냥 물어보고
싶었어.

조정치: 진짜 이건 행복을 떠나 삶의 변화인 것 같아요. 진짜진짜 좋고
저는 이제 시작인 거 같아요.

송은이: 그래. 나중에 맛있는 거 먹자. 요새도 정인이가 요리해줘?

조정치: 누나...... 아시죠? 그 음식.

김 숙: 낫토밥...... (혀에 주마등처럼 스쳐가는 낫토밥의 맛)

조정치: 제가...... 정말 느꼈어요. 음식이 느는 건 아니다.

송은이: 아 늘지 않는다는 걸? 열정만으로 느는 건 아니다?

조정치: 예, 열정으로 느는 건 아니라는 걸 알았어요, 가수처럼.

송은이: 조정치 씨가 들려준 얘긴데, 예전에 존 레넌이 어렸을 때 학교에서 숙제를 내줬대요. 인생의 목적이 뭐냐고. 그래서 존 레넌이 'HAPPY'라고 적었대요. 그래서 선생님이 "네 답은 숙제에 대한 제대로 된 답변이 아니다." 그랬더니, 존 레넌이 "선생님은 인생은 모르시네요."라고 대답을 했대요. 그 어린 존 레넌이.

김 숙: 근데 결국 따로 보면 사실 행복이 가장 중요하진 않잖아요. 슬퍼요. 현실적으로 보았을 때는요.

송은이: 그러면 현실적으로 생각을 한번 정리해봅시다.

A. 송은이&김숙의
비밀보장 결론은?

비밀
보장

김 숙: **흔들리면 포기하십시오.**

송은이: 예, 이미 흔들렸다는 자체가 포기할
타이밍이 아닌가.

김 숙: **흔들리면 포기하고**
흔들리지 않으면 가십시오.
고!

Q.

연기를 잘하고 싶은데,
사랑을 어떻게 연기하지?

"

몇 달 전부터 연극 모임에 나가고 있는데요.
어쩌다보니 여주인공 역할을 맡게 되었습니다.
사랑에 빠졌다가 버림받고 힘들어하는
연기를 해야 되는데, 사랑 감정 연기가 안 되네요.
화내고 짜증내는 연기는 무리 없이 잘하는데
사랑, 이별 연기만 안 돼요. 공연이 한 달 반 정도밖에
안 남았는데 이거 때려치울까요,
아니면 감정 연기 잘하는 방법 어디 없을까요?

"

김 숙: 자, 연기라고 하면 송은이 씨 아닙니까? (비웃음)

송은이: 나 깜짝 놀랐다. 내 이름이 튀어나올 타이밍이 전혀 아닌데!

김 숙: 연극과 출신 아닙니까?

송은이: 스텝을 주로 맡긴 했는데 연기도 하긴 했죠. 제가 맡았던 역할이 뭐였냐면 노인, 노인 아역, 남자 형사, 학…….

김 숙: 학?

송은이: 고깔 같은 거 쓰고. **지금 제 나이 역할은 한 번도 해본 적 없어요. 아역과 노역 전문으로 출연했기 때문에.** 그런데 김숙 씨는 의상학과를 나와서 어떻게 이렇게 연기를 잘해요?

김 숙: 저요? 의상학과야 친구 따라간 거였고 연기는 배웠죠. 제 선생님이 **이재용 선생님**이에요. "니가 가라, 하와이~" 영화 〈친구〉에 나왔던 용식이 역할. "**니 어디 가노~**" 그 강렬한 눈빛 있잖아요. 얼굴 보면 딱 알아요.

송은이: 그럼 우리 이재용 선생님한테 연락 한번 해보죠.

김 숙: 근데 우리 이재용 쌤도 답해줄 수가 없어. 악역밖에 안 했기 때문에. 무슨 사랑 연기야. 전화 잘못 거는 거야.

송은이: "**검마를 어떻게 죽일까?**" 이런 거?

이재용: 우리가 흔히 얘기하는 사랑의 감정이란 거는 상황이 주는 자극에 의해서 생겨난 거야.

김 숙: (몽롱) 뭔 말인지 모르겠습니다.

이재용: 예를 들어가지고 사람들 많은 놀이공원에 데이트를 할 때는 집중 안 되는 상황에서 둘이 손만 잡고 다닐 때 하고, 그렇게 정신없는 상황이 끝난 다음에 무드 있는 카페에서

음악을 들으면서 서로를 쳐다보거나, 만약에 그때 시간이 해질 무렵 노을이 아름답게 깔리거나 그러면 감정이란 게 또 달라지겠지?

송은이: 아~ 이제 알겠다.

이재용: 물리적인 공간이나 시간이나 또 마주하고 있는 사람과 어떠한 내용의 대화를 나누면서 교감하고 있는지가 중요하기 때문에 대본에 있는 상황을......

김 숙: 분석해봐야 된다?

송은이: 대.본.을.뜯.어.봐.라?

이재용: 그렇지. 저런 상황에서 저럴 수도 있겠구나. 공감 능력을 써서 사랑하는 상태라는 걸 인지하는 거지. 사랑하는 상태에 빠지면 뇌에서 수만 가지 호르몬이 분비되기 때문에 정상적인 사람이라고 볼 수가 없어.

김 숙: 아~

이재용: 약물중독에 가까운 그런 상태. 연애 감정에 빠져 있는 존재들의 마음. 정신적인 세계에서 그런 일들이 벌어지거든. 그런 인위적인 환경을 조성해야지. 두 사람과 관련된 노래를 갖다가 그런 노래만 선택해서 자꾸 듣는다든지. 정.서.적.기.억.의.환.기.로 자기 경험을 토대로 해서 연기에 담을 줄 알아야 돼.

김 숙: 쌤, 최고네!

송은이: '정서적 기억의 환기' 그런 용어가 있어요? 왜 못 배웠지?

이재용: 전문용어로 '이모셔널 이버킹~'이라고 해. 으하하하하하!

김 숙: 으하하하하하! 큰 웃음 주시네요! 쌤, 이렇게 설명을 잘하시지만 사랑 연기하신 적은 한 번도 없잖아요?

이재용: 야! 옛날 드라마 〈폭풍 속으로〉 봐봐라! 엄지원이한테 물어봐라! 비록 일반적이긴 했지만 나도 멜로 했다.

송은이: 혼자 사랑해서 여자 끌고 가고 그런 거 아니었습니까?

이재용: 아니야, 나 순정이었어. 나 그 드라마 할 때 아줌마들한테 짱 소리 먹었잖아! 으하하하하하!

김 숙: 아~ 유쾌하시죠?

송은이: 되게 중요한 얘기야, 정서적 기억의 환기. 뭐 진짜 연기의 정석이신 분한테 너무나 중요한 고급 정보를 들었어요.

김 숙: 결국은 **악역만 하신 우리 선생님**께서. 사랑 역할은 짝사랑으로 한 번 정도, 한 회 정도 하셨던.

A. 송은이&김숙의
비밀보장 결론은?

비밀보장

김 숙: **이모셔널 이버킹!**

송은이: 정서적 기억의 환기를 통해서 **본인이
살아왔던 경험과 정서를 충분히
다시 한 번 환기**시키세요.

김 숙: **사랑 노래나 그런 음악을 계속
들으면서** 감정을 연습하시고.

송은이: 그리고 **대본을 좀 더 꼼꼼하게
뜯어봐라.**

김 숙: 뜯어보고 분석하고 본인에게 맞게끔 해석하자!

Q.

대기업 면접?
노하우가 궁금하면
드루와~

"

저는 취업준비생인데요. 면접만 보러 가면
항상 머리가 하얘지고요, 무슨 말을 어떻게
해야 할지 몰라서 버벅거리다가 그냥 나오기
일쑤입니다. 이렇게 허망하게 면접에서
떨어진 게 몇 번째인지 몰라요. 한 30번은
떨어진 것 같은데…… 면접을 잘 보는 방법,
면접에서 꼭 나오는 질문, 그리고 어떤 대답을
해야 할지, 면접 노하우를 전수해주세요.

"

김 숙: 아~ 이런 사람들 있지.

송은이: 머리가 하얘지는 경험이 어떤 경험이야?

김 숙: 저 공개방송에서 NG 한 번 냈었거든요, 〈개그콘서트〉 할 때.
따귀소녀 할 때였는데 대사를 해야 되는데 생각이 안 나서
진짜 머리가 하얘지는 걸 느꼈어.

송은이: **난 요즘 들어 머리카락이 하얘져요.**

김 숙: 진짜 흰머리 말고. **(정색)** ……내 생각에는, 길게 봐야
올해까지 〈비보〉 할 수 있을 거 같아요.

송은이: 언니 좀 돌봐줘라.

김 숙: 연금을 제 명의로 돌려놔요, 그럼 제가 잘 돌봐줄 테니까.
근데 우리 아는 면접관 없습니까? 대기업의 높은 사람들?

송은이: 아, 나 대기업에 아는 분들 있어요. **모든 대학생 졸업자들이
가고 싶어 하는 1위 기업 이사님**을 제가 알죠.

송은이: 대기업의 이사님으로서 면접 노하우를 좀 여쭤봐도 될까요?

이 사: 아무래도 자리에서 소신 있게 자기 말을 잘하는 사람을 뽑게
되죠. 머뭇대거나 그러지 않고.

김 숙: 얼굴은 안 봅니까?

이 사: 일단 관상은 기본. 왜냐면 그게 결국에는 30분이라는
짧은 시간에 사람을 판단하는 거잖아요. 관상이라는 것도
그냥 느낌으로 괜찮다 정도인데, 뭐 솔직히 말하면 문 열고
들어올 때부터 어느 정도 느낌이 와요.

김 숙: 신기 내리셨어요? 어떻게 문 열자마자 알 수가 있어?
사주팔자는 믿으시고요?

송은이: 워낙 많은 사람들을 보니까 그러겠지.

이 사: (우울) 그러니까 대부분 잘못 뽑지요.

송은이: 이사님, 왜 그러세요. 그럼 관상이라기보다는
        인상을 보시는 거네요?

이 사: 그렇죠, 인.상.을 보지요. 어쨌든 밝고 긍정적인 사람들이
        있고 약간 의기소침하고 어두운 사람들이 있잖아요.
        그런 사람들은 조직 분위기에 종지 않을 거잖아요?

김 숙: 최대한 당당하게 해야 되겠네요.

이 사: 당당함을 넘어서 오버가 되면 또 곤란하고.

송은이: 아, 그것도 조심해야 할 부분이겠네. 그러면 면접 볼 때 꼭
        물어보게 되는 질문이 있어요?

이 사: 뭐 일단 기본적으로, 너무 클리셰 같지만 어.떻.게. 우리
        회사에 오게 됐냐는 질문은 꼭 했고, 마지막에 나갈 때는
        혹시 여기가 안 될 경우 다.음. 플.랜.은 뭐냐고 물어봐요.

김 숙: 그러면 그 질문 우리한테 물어봐주실래요?

이 사: 네. 134번 분은 어떻게 우리 회사에 지원하시게 된 건가요?

송은이: 꿈의 직장이죠. 가고 싶었고 다양한...... 전 그렇습니다.

김 숙: 이러면 안 되는 거죠?

이 사: 회사의 처우나 이런 걸 먼저 밝히면 되게 부정적이긴 해요, 저는.

송은이: 아, "회사가 좋았고 연봉도 높고 복지가 잘돼 있는 면이
        제 맘에 쏙 들었습니다." 이렇게?

이 사: 네네 사실은 그런 거 좋아서 오는 사람은 그런 거 때문에
        들어와서 우는 거니까.

김 숙: 차라리 이런 답 어떻습니까? 집이 분당이라 회사가
        가까워서요.

이 사: 집이 분당이기 때문에 맨날 지나다니면서 이 회사를
        볼 때마다 언젠가 꼭 한번 오고 싶었다, 이렇게
        이야기가 연결되면 모르겠는데.

비.밀.보.장.

김　숙: (다급) 그렇게 하려고 했어요, 그렇게.

이　사: 아니었던 거 같아.

송은이: 역시 예리하시다, 이사님.

김　숙: 그러면 지원자들이 가장 어려워하는 질문이 있습니까?

이　사: **여기 와서 하.고. 싶.은. 일.이. 뭐.냐.**는 질문을 어려워하는 것 같아요.

김　숙: 무슨 대답을 해야지 합격률이 높습니까?

이　사: 대부분 다른 게, 그 답이 정답일 리는 거의 없어요. 그래도 대답의 꼬리의 꼬리를 물고 들어가서, 왜 그런 생각을 했는지 아니면 그런 경험이 어떤 게 있는지, 뭐 이런 식으로 물어보다보면 실제 그 사람이 기존 직장에서 어떤 역할을 했는지 나오지요. **머릿속이 하얘진다는 분은 그 과정을 시험이라고 생각하니까 어려운 거잖아요.** 근데 사실 저는 나중에 뭐라고 얘기하냐면, 서로 면접 보는 거라고 하거든요. 왜냐면 면접 보는 사람은 자기가 일할 만한 회사인가를 앞에 있는 면접관 하나만 보고 파악하는 거잖아요.

김　숙: 너무 이기적이다! 이사님은 안 떨어지는데 걔는 떨어지잖아. 그렇게 큰 차이가 있는데 뭔 같이 면접을 봐?

이　사: (의기소침) 잘못 뽑으면 회사에서 잘리잖아요.

송은이: ……왜 갑자기 슬프게 그런 얘길 하세요?

김　숙: 취업을 앞두고 있는 분들이 굉장히 많습니다. 그런 분들에게 희망적인 메시지 한번 부탁드릴게요, 이사님.

이　사: 어쨌든 자기가 가고 싶은 곳을 보고 착실히 준비해서 **그. 회.사.와 브.랜.드.에 대해 공.부.하는 게** 중요한 거 같아요.

송은이: 정말 가고 싶은 회사가 있으면 공부해야 돼요.

김 숙: 전 이 회사에 들어와서 목숨을 바쳐서 열심히 일하겠습니다.

송은이: 목숨 바치는 거 너무 무섭지 않아요?

김 숙: 너무 무서워.

송은이: 부모님한테도 목숨을 안 바칠 건데.

김 숙: 그래, **목숨 바치겠다는 건 너무 오버야.**

송은이: 예, 그냥 본인의 주관을 분명히 얘기하는 게 좋지 않을까요?
그런데 사실 요즘은 사람들이 대부분 대기업을 꿈꾸죠.
하지만 **중소기업이나 작은 직장**에 들어갔을 때 거기서 나름
자기하고 스타일이 잘 맞고 업무가 잘 맞을 수도 있잖아요.

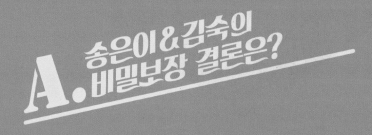

A. 송은이&김숙이 비밀보장 결론은?

김 숙: **소신껏** 해라!

송은이: **쭈뼛거리지 마라!** 본인이 가고 싶은
회사에 대해서 정확히 알고 가라!

김 숙: 그렇다고 오버하면 곤란하고.

송은이: 면접관이 자신을 시험한다 생각하지 말고
대화를 나눈다 생각해라!

송은이와 김숙에게 묻다!
비보 인터뷰

만약 송은이와 김숙이 아니었더라면
이런 방송이 나올 수 있었을까?
송은이와 김숙의 시너지가 엄청난데 두 분이
함께한 이유에 대해서 이야기해주세요.

김　숙: 아, 둘밖에 친구가 없어. 친한 사람이.

송은이: 다른 사람 생각해본 적이 없는데?

김　숙: 디제이를 같이 한다는 게 부부 생활하고도 같은데
　　　 서로 다른 환경에서 살아온 사람 둘이
　　　 매일 만나야 되니까 싸울 수밖에 없는 거거든요.
　　　 부부가 되거나 원수지간이 되거나 둘 중 하나지.
　　　 송은이 씨랑 저는 20년 동안 친해왔고 서로 성격을 너무 잘 알고 있거든요.
　　　 그리고 또 저는 약속을 안 지키고 좀 게을러요. 그런데 송은이 씨는 그 반대.
　　　 무조건 약속을 지키고 부지런한 사람이기 때문에
　　　 저를 잘 끌어주지 않을까, 그런 생각을 했고.

송은이: 근데 사실은 우리가 "팟캐스트 해볼래? 누구누구랑 해볼까?"가 아니었고,
　　　 김숙 씨를 관찰하다가 '얘 재미있으니까 한번 해봐야지!' 이런 생각이 들어서
　　　 "너랑 나랑 뭐 재미있는 것 좀 해보자." 이게 출발이었기 때문에
　　　 알이 먼저냐, 닭이 먼저냐를 따지면 저희는 닭이 먼저였던 것 같아요.
　　　 아마 다른 사람을 고려했다면 팟캐스트는 시작도 안 했을 것 같은데.

124

김　숙: 송은이 씨 말고 다른 사람을 생각할 수 없는 게
　　　　아마 다른 사람이었으면 진행이 안 됐을 거야.
　　　　송은이 씨니까 내 성격을 다 알아서 이렇게 끌고 온 거지.

두 분이서 싸운 적 없습니까? 늘 우애 좋은 형제.
아니 자매처럼 지낸 거예요? 싸웠던 얘기 좀 들려주시죠.
어떤 일로 싸우는지 궁금하네.

김　숙: 사실 싸울 일이 없는게요. 우리가 구조상의 문제가 있어요.
　　　　송은이는 하늘같은 선배고, 하늘같은 언니고!

송은이: 오~ 오그라든다! 야!

김　숙: 그리고 가장 무서운 게, 차라리 열 살 언니면 나아요.
　　　　그런데 두세 살이 가장 무서운 거 알죠? 하나 둘 셋, 이런 몇 살 차이.

송은이: 오~ 너무 오그라든다! 야, 입에 침 바르고 얘기해라!

김　숙: 아니 진짜로. 그래서 난 송은이 씨랑 싸운 적이 한 번도 없어요.

송은이: 싸운 적은 없는데 일방적으로 내 맘에 안 들어서
　　　　제가 김숙 씨한테 개처럼 짖은 적은 몇 번 있어요.

김　숙: 나도 그래서 짖었다 생각했어요.
　　　　그게 나한테 화낸 거였어? 그냥 짖은 거 아니었어?
　　　　우리는 진짜…… 우애는 좋은 것 같아.
　　　　뭐 크게 바라는 게 없기 때문에 싸울 일도 없어.
　　　　바라는 게 있어야 싸우지!

제4장

송은이&김숙만으로는 답 안 나오는 결혼 상담소

김 숙: 사실 결혼 사연은 우리한테 좀 어려워요.
우리가 한번 갔다 왔어야 해, 이 나이에 상담해주려면.
송은이 씨는 빨리 결혼한 다음 이혼 한번 하고 오시고,
나는 외국 남자 만나서 이혼하고 올게요.
그러면 뭔가 경험이 많아지면서 상담해줄 게 많아질 테니까.

송은이: 그건 맞아요. 경험이 없어서 우리가 전화 연결하고
조언을 구하는 거니까.

김 숙: 결혼은 주변 사람도 은근 고민이에요. 결혼식 때마다.

송은이: 특히나 4월 5월? 9월 10월? 이럴 때.

김 숙: 제 입장에서 얘기할까요? 친구 시집보냈어, 어렵게.
그럼 그다음 해에 허니문베이비로 애 낳았대.
그럼 또 친한데 가만있을 수 있나? 선물 보내야 하잖아요.
그러고 1년 후에 돌잔치한대. 그럼 또 가야 되죠?
그런데 또 둘째 낳았대. 와, 또 뭘 보내.
난 계속 그 자린데. 시집 안 가고 그대로 있는데.

송은이: 제 입장에서는 사실 친한 친구일 경우에 축의금으로
얼마를 줘야 될지가 항상 고민이에요.

김 숙: 친한 사람한테 얼마 할 거예요?
저한테 얼마 할 거예요?

송은이: 그때 얘기했잖아요. 3백만 원.

김 숙: 좀 더 써봐. 어차피 안 갈 건데 많이 써라.

송은이: 알았어, 그럼 5백만 원.

김 숙: 전 송은이 씨 결혼하면 1억 냅니다. 1억.
어차피 저 언니 못 갈 거 같아. 하는 짓 보니까.

Q. 며칠 전 꿈에 구남친이 나왔어요. 그래서 생각난 김에 SNS를 추적해봤더니 구남친도 결혼을 했더라고요. 문제는, 저도 그도 모두 다른 사람과 결혼한 상태인데 그의 안부가 궁금해요. 구남친한테 연락할까요, 말까요?

A. 언니! 이건 아니다! 너무 위험한 발상이야! 만약에 여자가 먼저 전화하잖아요? 그럼 남자도 딴 생각을 품어요. 둘이 만나면 뭐 하겠어요? 만나지 마요. 나는 이렇게 해서 바람나는 사람들 너무 많이 봤어.

Q. 치과를 가야 하는데 친구 남편이 치과를 합니다. 가면 싸게 해줄 거 같긴 한데, 가끔 보는 친구 남편 앞에서 입을 쩍 벌리는 게 불편합니다. 그래도 저렴한 가격에 치료받을 수 있는 친구 남편의 치과로 갈까요, 아니면 그래도 민망하니까 돈을 더 내더라도 다른 치과로 갈까요?

A. 언니, 민망한 거 다 똑같아. 다른 치과 간다고 해서 입을 안 벌리는 건 아니잖아? 만약에 산부인과면 좀 그래. 근데 치과면 친구 덕분에 할인되는 데 가라, 이런 얘기를 해주고 싶어.

Q. 저는 몇 달 후 결혼을 앞둔 예비신부인데요, 얼마 전부터 예비신랑이 바람 피우는 꿈을 반복적으로 꿉니다. 이거 안 좋은 징조인가요? 이 결혼하지 말라는 신의 경고일까요? 이 결혼, 밀어붙여도 되는 걸까요?

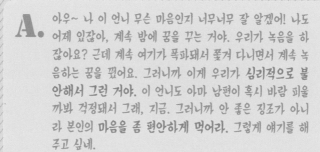

A. 아우~ 나 이 언니 무슨 마음인지 너무너무 잘 알겠어! 나도 어제 있잖아, 계속 밤에 꿈을 꾸는 거야. 우리가 녹음을 하잖아요? 근데 계속 여기가 폭파돼서 쫓겨 다니면서 계속 녹음하는 꿈을 꿨어요. 그러니까 이게 우리가 **심리적으로 불안해서 그런 거야.** 이 언니도 아마 남편이 혹시 바람 피울까봐 걱정돼서 그래, 지금. 그러니까 안 좋은 징조가 아니라 본인의 **마음을 좀 편안하게 먹어라.** 그렇게 얘기를 해주고 싶네.

Q. 얼마전 결혼한 여자인데 제가 코를 심하게 고는 편이에요. 신랑의 숙면을 위해 일주일에 하루이틀만 같이 자고, 평소에는 각방을 쓰자고 하면 어떨까요? 그게 훨씬 합리적인 거 같은데, 각방 쓴다, 아니다 그래도 같이 잔다. 결정지어주세요!

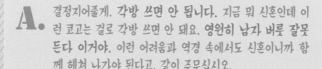

A. 결정지어줄게. 각방 쓰면 안 됩니다. 지금 뭐 신혼인데 이런 코고는 걸로 각방 쓰면 안 돼요. **영원히 남자 버릇 잘못 든다 이거야.** 이런 어려움과 역경 속에서도 신혼이니까 함께 헤쳐 나가야 된다고. 같이 주무십시오.

Q. 예비 시어머니께서 "엄마가 해줄게, 엄마가 고마워." 이러면서 당신을 엄마라고 지칭하시는데, 실제로 만났을 때 저도 엄마라고 불러야 하나요?

A. 그냥 예비 시어머니잖아요. 그니까 결혼을 할 것 같아요, 안 할 것 같아요? 할 거 같으면 무조건 엄마라고 불러야 해요. 윗사람이 먼저 "엄마가 해줄게." 이러는데 "네, 어머님. 저는 괜찮습니다." 하면 거리를 두는 거야. 윗사람이 먼저 말을 놨을 때는, 같이 말을 놔주는 게 예의예요.

그래도 주변에서 그걸 들으시는 분들이 "너는 아무리 윗사람이 그렇게 격 없이 하라고 했어도 어머니라고 하는 게 맞지!"라고 하신다면 그 의견은 어떻게 생각하세요?

그럴 때는 다시 어머니라고 부르세요.

알겠습니다. 간만에 정말 간단하고 명쾌하다.

그리고 다시 한 번 말하지만, 저도 엄마라고 부를 수 있는 사람이 있으면 좋겠어요. 어머니도 괜찮고 아줌마도 괜찮고 시어머니도 괜찮고 다 괜찮으니까.

Q.

힘들다는 국제결혼,
할까, 말까?

"

저는 해외여행 중에 만난 외국인 남자와
2년째 교제 중입니다. 나이가 나이인지라
슬슬 결혼을 해야 하는데, 주변에선
국제결혼은 힘들 거라면서 다시 생각해보라고
말리고 있어요. 국제결혼, 정말 많이
힘든가요? 이 결혼, 해도 될까요?

"

송은이: 아아, 이게 참…… 한두 문제에 걸리는 게 아닌데……
봐요, 우린 결혼 안 했어요. 것도 국제결혼이야.
김숙 씨, 외국인 사귀어본 적 있어요?

김 숙: **아, 그럼요.** 울고불고 난리도 아니었어.

송은이: **(녹음실 떠내려가게 웃고 나서)** 야~ 진짜 뻔뻔하다, 너.
어떻게 표정 하나 안 바뀌고 "그럼요~" 할 수가 있어?
그래, 어디까지 하나 들어보자. 그래서?

김 숙: 그분과 열몇 살 차이가 났었어요. 나이도 나이지만
생각하는 게 너무 어리더라고.

송은이: 어느 나라 사람이었어요? 미국 사람?

김 숙: 미국 사람. 뉴욕에, 뉴욕 근처에 사는 사람이었어요. **(버벅버벅)**
그래서 "가라. 나랑은 안 맞다!" 그, 그렇게 했죠. 그런 후로 걔가
계속 연락이 왔으나 "아! 나는 아니다, 나는 사귀는 사람이 있다!"

송은이: **진짜…… 거지같다…… 그만 지어내라.** 우리가 외국인을 뭐
만나봐? ……씨. 결혼도 그렇고.

김 숙: 송은이 씨 지금 울고 있는 거 아니지? ……**약간 우는 듯했는데,**
지금? 일단 그러면, 연예계에 국제결혼하신 분들이 제법
있잖아요? 특히 제 주변에 진짜 많아요.

송은이: 아, BMK 해봅시다.

김 숙: 지금 내가 찾고 있던 중이었잖아. 사람이 좀 성급해.
결혼 못 한 이유가 있다니까!

BMK: 국제결혼하면 장점이 더 많아, 불편한 건 둘째 치고.
김 숙: 오~ 장점 뭐가 있어?

BMK: 일반적으로 자기네 나라 사람이랑 결혼하면
서로 이해관계가 똑같으니까 '이 사람이 왜 저러나?'
이렇게만 생각되지 그 사람 자체를 이해하려고는 안 하거든.
근데 국제커플이다보니까 그 사람 자체를 이해하려고
노력하지. '아, 문화가 달라서 저런가보다.' 하고.

송은이: 오히려 이해의 폭이 넓어지는구나.

BMK: 문화가 달라서 그런 것도 있지만 그냥 원래 남자랑 여자랑
달라서 그런 건데 남녀 차이를 문화 차이로 생각하면서
서로 이해하게 되니까.

김 숙: 언니, 그럼 단점은?

BMK: 단점은...... 대화가 똑같아, 늘.

김 숙: 진짜 그렇겠다. 어떻게 보면 약간 초등학생처럼 놀겠네.

BMK: 그렇지, 그래서 너무 유치하지. 패턴 자체가 좀 많이
심플하다는 게 단점이라면 단점?

송은이: 그래도 그분 요즘 한국말 많이 늘지 않았어?

BMK: 자꾸 리액션만 늘어. 뭐 어쩌자 그러면 "아~ 예~"
뭐 이런 거 있잖아.

김 숙: 이제 형부 방청객 해도 되겠다.

BMK: "아~ 예~ 네~ 감사합니다~ 네~" 뭐 이렇게.
그리고 사람들이 얘기하는 거에 대해서 방청객 모드가
많이 발달돼서, 내가 보기엔 듣는 건 거의 한 90퍼센트
이해하는 거 같아.

김 숙: 제일 잘하는 말은 뭐예요? "사랑해요~" 뭐 이런 거예요?

BMK: "전화할게." 보통 우리 헤어질 때 친구끼리 헤어지면
"그래그래. 잘 가. 어, 전화할게." 이러잖아? 그거를
하도 많이 봐가지고 "전화할게."가 그냥 인사인 줄 알아.
그래서 막 톨게이트 지나갈 때도 "감사합니다~ 전화할게~"

> 송은이: 놀라겠다, 자기한테 작업 거는 줄 알고.
>
> BMK: 백화점에서 영수증 받고 다 모르는 분들인데 "아~ 예~ 감사합니다~ 네~ 수고하세요~ 전화할게~".
>
> 김 숙: 너무 귀엽다, 형부!

김 숙: 사, 이렇게 해서 우리가 지금 통화해본 결과로는요.

송은이: 하신 분들의 만족도가 되게 높고, 그러니까 사실 부모님을 설득할 수만 있다면 나는 뭐 굳이 반대…….

김 숙: 근데 사실 우리가 너무 편파적이긴 해. 국제결혼했다가 이혼했던 사람이랑도 통화를 해봐야 하는데.

송은이: 그냥 우리 안에서 최선을 다해 답변을 해드리면 되는 건데 굳이 이혼하신 분까지 찾아내서 전화하는 건 아니라고 봐요.

김 숙: 그래, 맞아요!

A. 송은이&김숙의 비밀보장 결론은?

김 숙: 밀어붙이십쇼.

김 숙: **흔들리지 마십쇼.**

송은이: 응, 장점이 더 많다!

Q.

혼전순결,
날까지 잡았는데
이제… 자도 될까?

"

저는 처녀이고 서른세 살까지 혼전순결을
지키고 있어요. 현재는 결혼할 남자가 생겨서
날짜까지 잡았는데, 남자친구가 이제 날도 잡았으니
잠을 자자고 합니다. 결혼식도 얼마 안 남았는데
좀 더 참을까요? 아니면 어차피 이 남자랑
몇 개월 뒤면 잘 건데 미리 자나 그때 자나
상관없으니 그냥 자버릴까요?

"

김 숙: **(짜증)** 야, 이거를 우리가 어떻게 알아!

송은이: 김숙 씨는 어떻게 하실래요?

김 숙: 저는 자죠.

송은이: 무슨 소리예요?

김 숙: 뭐가요? **잠은 자야죠.**

송은이: 아니 그니까…… 이게 무슨 의미인지 모르죠?
　　　 혼전순결이 무슨 말인지는 알아요?

김 숙: 이 사람아, 자야 할 거 아니야. 그럼 결혼식 날까지 안 자?
　　　 아, 이 사람이?

송은이: 아니 '잔다'라는 게 그냥 쿨쿨 자는…….

김 숙: 서른세 살이야. 이 사람아, 지금. 스물한 살이 아니라고, 어?!
　　　 결혼 날짜 잡았잖아. 그럼 자야죠. 잠을 안 자, 그러면?

송은이: 아니, 그니까 **잠을 쿨쿨 그러고 자는** 게 아니라니까요.

김 숙: 그러면 이야기해봐요. 어떻게 하실 건데요, 송은이 씨는?

송은이: 저는…… 잘 지키고 있어요.

김 숙: 혼전순결이라, 누구한테 물어보지?

송은이: 하하 와이프, 드림이 엄마, **별 씨**한테 한번 물어봅시다.

김 숙: 별아, 네 동생이라면 어떻게 이야기해주고 싶니?

별: 내 동생이라면 지키라고 이야기하고 싶죠.

김 숙: 캬~ 이거야. 가족한테 하는 게 맞는 거거든, 이게.

별: 그렇죠. 그동안 지켰으니까 이왕이면 그걸 정말 끝.까.지 지켰을
　　때 아름답고 뭔가 만족스러운 게 분.명. 있거든요.

근데 어렵다는 것도 너무너무 잘 알고 있기 때문에...... 이게
사실 아무런 유혹이 없을 때는 지키기 어렵지 않은데, 사랑하는
사람이 있다면 어려울 수 있어요. 그리고 또 여자보다 남자가 더
힘든 부분이기 때문에, 내가 너무 사랑하는 남자가 결혼 날짜까지
받아놓고 나를 너무 원하고 있는데...... 여자 입장에서는
힘들어하고 참아야 하는 그 남자를 보는 게 굉장히 미안하죠.

김 숙: 자존심 상하지 않게 거절하는 방법 없을까?

별: 그럼 우리처럼 혼인신고를 조금 일찍. 저희 같은 경우가 9월에
혼인신고를 했고, 10월부터 집을 이사하고 신혼집을 같이 차리고,
결혼 예식을 11월에 한 케이스인데, 사실 그런 부분들도 작용을
했죠. 근데 남편은 그런 부분에 있어서 제가 그런 생각을 갖고
있었는지 전혀 모르는 상태였기 때문에 사실 많이 미안해하기도
했고요.

김 숙: 아무튼 전문가님. 별님. 감사합니다. 나는 마흔한 살,
송은이는 마흔네 살이지만 혼전순결 지킬게.

별: 아, 지키시면...... 예, 지키시면...... 아름다워요.

김 숙: 그러면 한번 더 물어봅시다. 다른 생각을 갖고 있는 사람도
있을 수 있는 거니까. *안영미 씨* 어때요?

안영미: 아이, 무조건 혼전순결은 없습니다~

송은이: 명확한 답변 감사드리고요.

안영미: 혼전순결이라는 말은 원래 없는 겁니다~

송은이: 안영미 씨. 즐거우시고요.

비 . 밀 . 보 . 장 .

김　숙: 아니~ 근데 이분은 지켜왔잖아. 그니까 이제 조금만 더 지키는 게 낫냐, 아니면 그냥……

안영미: 근데 어차피 결혼을 결심을 했다는 건 이.사.람.에 대한 확.신.이 있기 때문이잖아요. 그럼 그냥 이게 천국이구나 생각하실 거예요. 사연 보내주신 분께 끝까지 첫날밤까지 아껴야겠다는 마인드는 버리시라고 전해주세요.

송은이: 굳이 뭐 버릴 것까지 있을까요?

안영미: 그거 되게 부.질.없.습.니.다.

김　숙: 야~ 이렇게 되면 1 대 1이에요.

송은이: 그럼 한 분한테 더 물어봐야 하는 거예요? 삼세판으로?

김　숙: 이거는 결정을 지어주고 가야 되기 때문에 결혼하신 분들 중 남자한테 물어보고 싶어.

송은이: **고명환 씨** 갑시다, 가장 최근에 결혼하신 분이기 때문에.

고명환: 왜 그러죠? 21세기를 사는 분인데? 공자 시대도 아니고.

송은이: 아, 이 사연 자체가 문제라는 거야?

고명환: 지켜온 게 아까우니까 그러신 거 같은데, 만약 결혼하고 잠자리를 처음 가지면 '아, 내가 왜 이랬지?' 이럴 수 있을걸요, 분명히. 그리고 한 가지 조언은 지금 날짜를 잡았지만 해.보.는. 게. 좋다고 생각해요. 그다음에 마음이 바뀔 수가 있어요. 제 주변에 지금 그런 사람이 있어서 하는 이야기예요.

난 소중하니까요.

김 숙: '결혼했으면 큰일 날 뻔했구나' 할 정도로?

고명환: 그렇죠. 혼전순결만 생각하고 결혼했는데, 진짜 뭔가
　　　　잘못된 건 아닌데, 뭔가 하여튼.

김 숙: 만약에 저든 송은이 씨든 이런 상황이라면 무조건이란 거죠?

고명환: 두 분 다 뭘 주저하세요?

김 숙: 처음 이 사연 들었을 때 저는 무조건이라고 했고
　　　송은이 씨는 지켜야 된다고 했었죠.

송은이: 음, 사연을 듣다보니 모르겠네요. 장점도 있다고 하니까.

김 숙: 여러분들이 의견 주셨는데요. 그럼 결론을 내봅시다.

A. 송은이&김숙의 비밀보장 결론은?

김 숙: **자!**

송은이: 자도 괜찮을 거 같습니다.

김 숙: **자!**

송은이: 이 정도면.

김 숙: **그냥 자! 자! 당장!**

송은이: 의견이 그렇게 모아졌습니다.

김 숙: **자!**

#쉬어가는
코너 - 이영자의 여주 휴게소

이영자: 숙아.

김　숙: 응.

이영자: 여기 여주휴게소 있잖아. 여기는 그 마약 옥수수 있잖아.
　　　　죽인다, 양념된 거. 이거 하나씩만 딱 때리자.

김　숙: 여기 또 들러?

이영자: 응. 여, 여기 지나면 이거 못 먹어.

김　숙: 알았어. 근데 가서 밥 먹는다며?

이영자: 아, 간단하게 그 전에 에피타이즈~ 에피타이즈~

김　숙: 그래. 가보자.

이영자: 응~ 여긴 들어가야 혀. 재민아~ 우회전해가지고 여주 들어가.

매니저: 예.

송은이: 여기서 명언이 나왔네요. "이거는 여기 아니면 못 먹어."

김　숙: 그래서 정말 마약 옥수수를 먹었습니다. 진짜 맛있어요.
　　　　이영자 씨가 얘기한 건 다 맛있긴 맛있어. 호두과자 조금이랑.
　　　　그래서…… 제가 점심을 먹었겠습니까?

송은이: 너무 궁금하다. 너무 궁금하다.

김　숙: 다시 한 번 알려드리지만 우리는 휴게소에 가려고 한 게 아니고
　　　　지금 점심 먹으러 제천에 가는 중입니다. 여기서 끝일까요?

▶▶다음 이야기는 170쪽의 〈이영자의 쉼터〉편으로 이어집니다.

Q.

베프의 결혼식, 축의금을 줄까, 가전제품을 사줄까?

66

저는 29살 사회초년생인데요.
저한테 친한 친구가 두 명 있어요. 그런데
이것들이 저만 빼놓고 한 달 간격으로 결혼한다네요.
친한 친구 둘이 한꺼번에 결혼한다니
큰돈이 들어갈 것 같은데 도대체 축의금은
얼마를 내야 하죠? 가전제품은 그래도 할부가
되니까 좀 나을 것 같은데…… 그리고 돈으로
하는 게 나을까요, 아니면 그냥 가전제품
같은 걸 하는 게 나을까요?

99

송은이: 축의금은 연령대에 따라서 또 달라집니다. 사회초년생들이라 치면 20대인데 기본 3만 원에서 5만 원 사이 아니에요?

김 숙: 3만 원은 무슨, **기본이 5만 원이야.** 왜냐면 **식장 밥값이 비싸대요.**

송은이: 인턴 생활 시작하면 초봉이 150만 원 정도 되더라고요. 그러면 한 번에 5만 원이라고 했을 때 **주말마다 결혼식이 있으면 한 달에 20~30만 원이 훅 나가는 건데.**

김 숙: 친한 친구한테는 돈으로 하는 것보다 몇 명이 모여서 뭘 사주는 게 나을 거 같아요.

송은이: 이러지 말고 결혼하는 사람한테 직접 물어보면 될 것 아니야?

김 숙: 저희 **조카가 이번에 결혼을 해요,** 저보다 빨리. 큰언니 딸인데.

송은이: 이모가 이 모양인데?

김 숙: 걔가 그러더라고. "이모, 이모만 괜찮으면 사회를 봐줬음 좋겠어." 그런데 되게 불편한데 말할 순 없잖아. "그래, 니가 원하면 해줄게!"라고 했는데 날짜가 다가오면 다가올수록 "불편하다, 불편해! **내가 조카 결혼식 사회를 보다니! 으아아앙!"**

송은이: 이러고 있을 게 아니라 조카한테 전화해봅시다.

김 숙: 결혼하는 제 조카요? 지금 껄끄러운데 굉장히?

송은이: 아니 이모가 사회도 봐주는데 그 정도는 해줄 수 있는 거 아닙니까? 20대니까 받고 싶은 금액도 물어보고.

김 숙: 이제 결혼식 며칠 안 남았네?

조 카: 어. 일주일.

김 숙: 내가 꼭 사회를 봐야 되냐?

내가 펄끄러우면 안 봐도 되는 거 아니야?

조 카: 안 되는데.

김 숙: 이제 와선 안 되는 거야?

조 카: 어.

김 숙: 무조건 봐야 되냐?

조 카: 어.

송은이: 너 이모한테 그런 거 부탁하면 되니? 결혼도 안 한 이모한테?

조 카: 아. 하. 하.

김 숙: 그리 어색하게 웃나? 니가 생각해도 어이가 없나?

송은이: 궁금한 게 있어서 그러는데, 너 결혼식할 때 친한 애들은
축의금으로 낸다니, 아님 뭘 사준다니?

조 카: 엄청 친한 애들은 필.요.한. 걸 사주지.

송은이: 친한 친구일 때 어느 정도 급으로 사줄 수 있어?
가전제품이라 친다면?

조 카: 음...... 밥솥, 청소기, 전자레인지.

송은이: 그 정도 금액 선에서 뭔가를 사주는 거야? 돈 모아서?
몇 명이?

조 카: 혼자! 내 친구는 혼자. 그냥 한 사람이.

김 숙: 혼자 30~40만 원 내는 거네?

송은이: 냉장고, TV 정도 받고 싶을 텐데.

조 카: 그런 건 원래 미리 사잖아. 냉장고, TV, 세탁기는 세트로
묶어서 혼수로 사니까. 그 외에 청소기나 그런 게 남지.

송은이: 요새 20대들은 부조금 얼마씩 하니?

조 카: 그냥그냥 알고 지낸 애들한테는 5만 원.
조금 친하면 10만 원.

넌 전자레인지
넌 청소기
넌 쿡후

송은이: 진짜 요즘 많이 올랐다. 3만 원 하는 애는 없어?

조 카: 3만 원 하면 욕 얻어먹는다. 왜냐면 밥값이 제일
        싼 데가 2만6천 원~2만7천 원, 그보다 괜찮은 데는
        3만5천 원~3만9천 원 이러니까. 그런데 3만 원 내면
        마이너스지.

김 숙: 그래서 내가 결혼식 사회 보면 얼마 준다고?

조 카: 엄마한테 물어볼게.

김 숙: 내가 보기에 얘기했다간 귀싸대기 세 대 맞는다.
        지금 비행기표도 안 끊어주셨거든요? 니네 엄마가?

조 카: (무시) 그래, 언제 와?

김 숙: 이모가 마음이 그렇게 썩 좋진 않아, 엉? 너 결혼식 전날에
        심경의 변화가 있어서 어디 갈 수도 있어.

조 카: 엄마가 가만 안 놔둘 거다.

김 숙: (덜덜) 그러겠지? 나 너네 엄마한테 걸릴까봐 그게 제일
        무섭다.

김 숙: 우리끼리만 그런 줄 알았더니 20대 애들도 3만 원 하면
        욕먹는구나.

송은이: 욕먹네. 내가 너무 모르는 소리 했나봐.

A. 송은이&김숙의
비밀보장 결론은?

비밀보장

김 숙: 친한 친구들과 상의하세요.

송은이: 그게 좋을 거 같아요. 뭘 사주면 좋을지,
가격을 어느 정도로 할지.

김 숙: 그리고 **돈을 모아서 뭔가를 사주는**
걸로 갑시다.

송은이: **청소기, 전자레인지, 밥솥** 같은
소형 가전 위주로!

Q.

애연가 예비신부,
예비신랑에게
밝힐까, 끊을까?

66

저는 14년간 담배를 피워온 애연가고요.
30대 중반의 여자입니다. 결혼 날짜를
잡을 쯤부터 담배를 끊어보려고 노력을
많이 했는데 잘 안 됩니다. 예비신랑은 제가 당연히
끊은 줄 알고 있어서, 저는 몰래 밖에서
피고 오거나 데이트 전에는 항상 샤워를 하고 만납니다.
사실 결혼하면 임신도 할 텐데 이제는
담배를 완전히 끊고 싶거든요. 어떻게 하면
담배를 확실히 끊을 수 있을까요?

99

송은이: 이거 김숙 씨가 좀 잘 알지 않아요? 14년간 담배를 피워오신 애연가이면서 30대 중반의 여자.

김 숙: 난 잘 모르겠어. **얼굴은 담배를 말아 피게 생겼습니다만……** (가만 보니 말리고 있다는 걸 인지한 김숙) 내가 담배를 어떻게 알아 이 사람아, 어?!

송은이: 지금 김숙 씨 오해의 소지가 있네요. 불펜을 그렇게 쥐면 손이 약간…… 손 모양이 왜 그래요?

김 숙: 볼펜이에요, 볼펜. 아니, 나도 모르게 이렇게 쥐게 되네.

송은이: 전화 연결해보실 분 있나요? 이 조건에 맞는, 결혼을 하셨고 아이도 있고 그 기간을 어떻게 지내셨는지 얘기해줄 만한 분.

김 숙: 이거는 사실 여자한테 전화해야 되는 거 아닙니까? 제 주변에 딱 이 조건에 맞는 친구가 있지요. 일명 **담배녀**.

담배녀: 나는 신랑한테 끊는다고는 했는데 안 끊었지.

송은이: 너는 지금 뭐 상관없잖아? 커밍아웃을 해서 신랑이 다 아니까.

담배녀: 신랑이랑은 초장에 잡는 게 중요해. **아예 담배 끊.을. 자.신. 이 없.으.면 얘기를 해.** "#발 너도 담배 못 끊잖아!" 막 이렇게. 근데 남자가 담배 안 필 경우에는 이제 얘기가 달라지지.

김 숙: 어떻게 달라져?

담배녀: 이해를 못 하지. 아예. **남자가 안 피면 완전히 난.리.나.**

김 숙: 그래도 남자들이 못 알아채게 할 방법들이 있잖아. 너도 그때 젓가락에 담배 껴서 피웠었잖아.

담배녀: 어, 손에 담배 냄새 안 배게. 이씨~ 담배 피는 애들은

아... 죽겠네요, 진짜.

1km도 걸어간다니까. 담배 피고 싶어서. 아~ 진짜라니까.
나 티베트에 여행 갔을 때 죄 짓는 줄 알았다니까.
1km 걸어서 담배 피고 오고 막. 나 그다음부터 안 가잖아.
아이 씨. 다신 안 가. 담배 하나 피느라고 귀찮은 거를
감수해야 해. 그냥 되는 게 아니야.

송은이: 귀찮은 거를 해야 흡연 타임을 얻을 수 있구나?

담배녀: 그렇지. 근데 그러고 난 다음에 돌아오면서
'이제 살 거 같구나' 하면서도 '못 끊고 이거 뭐 하는
짓이냐' 막 이러면서 오는 거지. 이런 생각들이 찾아와.

김　숙: 몰래 피는 사람들은 화장실 청소를 그렇게 열심히 한다며?

담배녀: 락스 뿌려 가지고 바닥 닦으면 냄새가 없어지거든. 샴푸를
풀어서 벽에다가 이렇게 칠해. 그럼 냄새가 싹 없어져.
세탁실에서 피는 엄마들도 많지. 몰래 피는 아줌마들 특징이
뭐냐면 엄청 빨리 펴. 세 번 만에 막 쫙쫙 빨아 막. 쫙쫙 빨아.
씨~ 내가 그거 담배 이렇게 봤는데 겁나 뜨거워. 쫙쫙 빨아,
막. 나 한 모금 빨 때 한 대 다 핀다니까. 보통 2분 걸리는데
그렇게 피면 막 한 1~2초 만에 피는 거지.

송은이: 야. 너무 힘든데 끊어보려고 뭐뭐 해봤어?

담배녀: 이제 뭐 다짐해야 된다고 그래가지고 공원 같은 데 라이터랑
다 버리고 새벽에 다시 주우러 가기도 하고, 그래서 몇 시간을
못 찾아가지고 다시 공원 뒤지고 있어. 젖은 담배도 피우고
그랬지. 이슬 먹어가면서. 남편을 이기지 못하면
담배 끊는 거야. 이기면 피는 거고.

송은이: 너 만약에 애들이 자라가지고 조기 흡연 같은 거 하면 어떻게
할 거야?

담배녀: 그럼 난 뭐라고 못 할 거 같아. 근데 그런 얘기는 하겠지.
내가 어렸을 때 펴봤는데 못 끊고 엄청 고생을 한다는 거는
알고 있으라고. 그냥 몸에 안 좋아서 끊으라는 게 아니라

이게 정말 한. 번. 배.우.면 끊.기. 힘.들.다.는 건 얘기하겠지.

송은이 : 아니, 담배 피려고 이렇게까지 해? 물론 담배가 건강에 안 좋은 것도 있지만 **중독성** 때문에 힘든 거 같아. 한 번 들어가면…….

김 숙 : 못 헤어나죠.

송은이 : 누가 그러던데, 담배는 끊었다고 얘기하는 게 아니래. **10년을 끊었어도 그냥 평생 참는 거라고 한다며.**

김 숙 : 우리는 여자 입장에서 피라는 얘기는 못 하겠어요. 애기도 가져야 되고 그러니까.

송은이 : 남편도 담배를 피우는 경우에는 당신도 나도 건강 때문에 **합의를 볼 수 있으면 모르겠지만 몰래 숨어서 피는 건 아닌 거 같아.**

A. 송은이&김숙의 비밀보장 결론은?

송은이: 일단 하루만 끊어봐.

김 숙: 노력합시다.

송은이: 그러면 일주일이 한 달이 되고, 한 달이 1년이 되고!

김 숙: 그래, 몰래 피는 건 정말 구차하다.

송은이: 지금이라도 늦지 않았다. 끊어라. 시도를 해라.

김 숙: 건강과 가정, 무엇보다 자신을 위해서 끊어라.

가장 많이 들어오는 사연, 어떤 게 있을까요?
사람들이 어떤 문제로 결정장애를 겪는 것 같나요?

송은이: 가장 베스트는 연애! 연인과 친구들과의 관계인 것 같습니다.
직장 생활에서의 관계도 있고 부부 고민도 있고요.

김 숙: 그러니까 사람들과의 관계죠.

송은이: 가족문제, 친구문제, 직장문제가 사실은 관계에서 오는 것 같아요.

김 숙: 그게 뭐 백 퍼센트예요.

이런 질문, 진짜 자신 있는데 왜 사연이 안 들어오는지 모르겠다!
나 이 분야에 완전 전문가인데! 하는 게 있다면?

김 숙: 송은이 씨는 연애고요.

송은이: (고분고분) 저는 연애 전문가고요.

김 숙: 저는 여자들과의 심리…… 아~ 전문이죠.

송은이: 20년 동안 같이 지내온 저도 저를 모르겠고, 나도 너를 모르는데……

김　숙: 난 널 알지! 송은이 씨는 날 모르지만, 난 송은이 씨를 알고 있고!
저 같은 스타일이, 주변의 모든 여자들이 와서
저한테 모든 걸 다 털어놓고 가기 때문에
제가 모든 비밀 얘기를 다 알고 있는 사람 중 하나예요.

〈비밀보장〉을 PR할 시간을 드리겠습니다.
왜! 도대체 왜! 〈비밀보장〉을 듣고 읽어야 하는지.
쑥스럽지만 맘껏 어필해주세요.

송은이: 우리는 생각보다 많은 것들을 결정하지 못하고 사는데요.
그런 부분들을 저희가 짧은 시간이지만 다양하게 결정을 내어드리고 있고요,
물론 저희가 아는 선에서, 저희의 인맥 안에서이긴 하지만
그래도 고민을 던지신 분들이 좀 속 시원해한다는 거.
사실 고민이 돌다보면 비슷한 카테고리 안에 들어가게 마련인데
'어? 나랑 똑같은 고민을 하는 사람이 있네?' 이런 공감으로 들으실 수도
있고, 또 김숙 씨가 엉뚱한 제안을 하면 '아, 그렇게도 해석될 수 있구나!'
하기도 하죠.

김　숙: 우린 그냥 사심 없이 그 질문에만 최선을 다해 대답을 해주는 거니까
같이 고민해보는 시간으로는 최고인 것 같고.
그리고 그냥 마음 놓고 웃고 싶을 때,
여자들끼리나 남녀 모여 수다 떨고 싶을 때는
〈비밀보장〉을 보면서 대신 수다를 떨어주는 것 같은 기분을 느낄 수 있겠죠.

송은이: 사실은, 요즘 유행하는 많은 것들을 안 쫓아가면 대화에 끼기 힘들어요.
지금 〈비밀보장〉이 대유행이기 때문에, 〈비밀보장〉을 모르고서는
친구들과의 대화에 끼기가 힘듭니다.

김　숙: 죄송합니다. 송은이 씨 빨리 취소하세요. 제가 다 쑥스러우니까.

제5장

개처럼 벌었으면 짐승처럼 써야지! 금전 고민 상담소

송은이: 그래도 비교적 저랑 김숙 씨는 돈거래는...... 제법 했네요?
        그때 전세금 날짜 안 맞는다고 그래서 내가 빌려주기도 하고
        나도 김숙 씨한테 3천만 원, 4천만 원 막 이렇게 빌렸었지요.

김 숙: 갚았어요?

송은이: 이 사람아, 이자 쳐서 갚았잖아!

김 숙: 난 받은 기억이 없네. 준 건 기억이 나는데.

송은이: **네 기억력이 그 따위지.**
        우리는 이자 안 받고 뭐 갖고 싶던 거 하나씩 사주고
        이랬던 것 같아요.

김 숙: 그랬었나요? 난 왜 이렇게 기억이 없지.
        큰일 났네. 난 받은 기억이 없어.

송은이: 40줄 들어서부터 부쩍 그런 것 같아, 네가.

김 숙: 에, **내가 곧 너도 잊어버릴 것 같아.**
        여기 오는 길도 잊어버릴 것 같아. 손수건에도 이름 새겨서.

송은이: 내가 이름표 써갖고 올게. 손수건에도 이름 새겨서. 반말하는 것 같은데

김 숙: **자꾸 송은이 씨 나이도 잊어버려서 반말하는 것 같은데
        나이도 좀 써주세요.**
        그리고 3천만 원 갚아라, 그때 빌려간 거. 나 안 받은 것 같아.

송은이: **너는 어금니 준비해라, 임플란트 세 개.**

김 숙: 아, 강냉이 또 다 털리겠고만.

Q. 제 생일에 친한 선배가 생일 축하한다면서 전화를 걸더니 선물로 용돈을 보내주겠다는 거예요. 그래서 계좌번호를 보내줬습니다. 근데 저녁때까지도 입금이 안 됐더라고요. 선배한테 입금이 안 됐다고 전화를 할까요, 아니면 그냥 있을까요?

A. 이 선배 진짜 너무 웃긴다. 하지만 전화는 하지 마세요. 뭐 선배가 돈이 없거나 아니면 까먹었거나 그 둘 중에 한 갠데, 돈 안 줬다고 전화하기에는 또 그렇잖아. 전화하지 말고 있다가 평생 우려먹으세요.

Q. 아이패드 미니가 진짜진짜 갖고 싶어요. 근데 저 스마트폰도 있고 노트북도 있는데, 아이패드 많이 쓸까요? 아이패드 살까요, 말까요?

A. 아, 이거는 나도 참 고민이에요. 나도 이런 거 욕심이 많거든. 스마트폰 있고 노트북이 있는데 아이패드를 샀어. 근데 많이 안 써요. 나는 안 샀으면 좋겠어요. 송은이 씨는 어때요? 다 있잖아요. 많이 안 쓰죠, 아이패드?

안 써요. 사지 마세요.

Q. 저는 웬만한 남자보다도 털이 많습니다. 굵고 길고 촘촘하게요. 그래서 제모를 하려고 하는데 피부과를 가야 할까요, 아님 가정용 레이저 제모기를 사야 할까요?

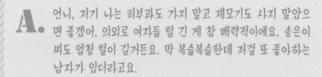

A. 언니, 저기 나는 피부과도 가지 말고 제모기도 사지 말았으면 좋겠어. 의외로 여자들 털 긴 게 참 매력적이에요. 송은이 씨도 엄청 털이 길거든요. 막 복슬복슬한데 저걸 또 좋아하는 남자가 있더라고요.

아, 털복숭이죠. 구준엽 씨가 저 좋아해요.

그래요. 그 털을 좋아하는 남자가 꼭 생길 거예요. 굳이 그런 데 돈 쓰지 마세요.

Q. 스트레스 엄청 받아서 손톱을 꾸미고 싶을 때 매니큐어를 사는 게 좋을까요, 네일샵을 가는 게 좋을까요?

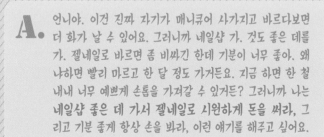

A. 언니야. 이건 진짜 자기가 매니큐어 사가지고 바르다보면 더 화가 날 수 있어요. 그러니까 네일샵 가. 것도 좋은 데를 가. 젤네일로 바르면 좀 비싸긴 한데 기분이 너무 좋아. 왜냐하면 빨리 마르고 한 달 정도 가거든요. 지금 하면 한 철 내내 너무 예쁘게 손톱을 가져갈 수 있거든? 그러니까 나는 **네일샵 좋은 데 가서 젤네일로 시원하게 돈을 써라**, 그리고 기분 좋게 항상 손을 봐라, 이런 얘기를 해주고 싶어요.

Q. 제가 저의 최애를 보러 갈 기회가 생겼는데 지방에 살다보니 서울까지 왕복 일곱 시간이 걸립니다. 최애는 약 한 시간 정도 볼 수 있고요. 좋은 기회인데 일곱 시간을 들여서 갈까요? 아니면 안 가고 그냥 시간을 아껴야 할까요?

A. 언니! 무조건 가야지! 최애잖아, 최고로 애정하는 연예인이잖아! 하…… 참. 또 옛날이 생각나네요. (회상모드 돌입) 제가 신인 때였어요. 한 선배님이 있었는데 그 선배한테 제가 연예인 생활이 너무 힘드니까 바다를 보고 싶다고 그랬더니, 그 선배가 한남대교에서 차를 끌고 와가지고 바로 부산으로 직행을 했어요. 바다를 보여주려고! 그래서 왕복으로 열일곱 시간이 걸렸어! 근데 세 시간 보고 왔단 말이야. 한 시간 바다 보고 두 시간 노래방에서 노래 부르고 올라왔어. 그게 지금 생각해도 추억으로 남아 있어요. 근데 언니는 일곱 시간이잖아? 이 정도는 갔다 와야 된다! 그 선배가 진짜…… 그때 너무너무 순수했는데…… 송은이라고…… 그땐 순수했다? 그쟈? 근데 지금은 이 앞 일산에 가자고 해도 안 가.

……그땐 진짜 순수했다.

그래요, 언니. 지금 힘이 있을 때 일곱 시간 왔다 갔다 하면서 추억을 쌓으세요. …… (송은이를 째려보며) 너 이젠 너무 때가 묻었어!

Q.

어렵게 모은 돈, 쓸까, 모을까?

"

저는 대학교 3학년 남학생입니다.
1년 휴학하고 낮에는 운동 강사, 밤에는
배달 일을 하면서 그야말로 개처럼 돈을 벌었습니다.
학비나 벌어보려고 시작한 일이었는데 나중에는
돈 모으는 재미가 있더라고요. 그렇게 1년간
번 돈이 740만 원입니다. 남들은 그 돈으로
여행 다녀와라 통장에 넣어둬라 차를 사라 말이 많은데,
솔직히 다 하고 싶기도 하고 돈을 좀 굴려서
키우고 싶기도 하네요. 제 피 같은 돈 740만 원,
어디에 쓰면 잘 썼다는 소리를 듣게 될까요?

"

송은이: 우리가 돈에 관해서는 주변에 여쭤볼 분이 많죠. 근데 마침 또 이분이 간단한 CF 촬영을 마치고 집으로 가는 길에 저희 녹음실 앞에서 저한테 목덜미가 잡혔어요.

김 숙: 예. 마치 짠 듯이.

송은이: 오늘은 저희 송은이 김숙의 〈비밀보장〉 첫 게스트죠. **돈이면 이분이죠.** 우리 **김생민 씨** 모십니다.

김 숙: 김생민 씨, 〈비밀보장〉 들어보신 적 있어요?

김생민: 예, 그럼요. 제가 두 아이를 키우고 있기 때문에……. **(동문서답 중)**

송은이: 제가 아는데 김생민 씨는 〈비밀보장〉을 들을 수 없어요. 왜냐면 와이파이가 되는 곳에서만 데이터를 쓰거든요.

김 숙: 여튼 돈에 관해서라면 **김생민 씨 말 들어요.** 왜냐면 제가 그나마 집 한 칸이라도 있는 건 김생민 씨 때문이거든요. 저 신인 때 저를 은행으로 끌고 가서 적금을 처음 들게 한 사람이 김생민 씨예요.

송은이: 그렇습니다. 그럼 **본격적으로 사연 이야기**로 들어가보죠.

김생민: 일단 논리적으로 들어가보면요. "어디에 쓰면 돈을 잘 썼다는 소리를 들을까요?" 요 부분이 잘못된 겁니다. 이거 형광펜으로 칠해야 해요. 이런 질문은 없는 거예요.

송은이: 무슨 소리예요?

김생민: 어디에 쓰면 돈을 잘 썼다고 들을까? 바로 돈을 안. 쓰. 는. 겁니다.

김 숙: 김생민 씨 돈 쓰는 거 제일 싫어해요.

김생민: 이분은 740만 원을 모았어요. 그렇다면 모으는 동안 굶었습니까?

김 숙: 아니겠죠. 근데 약간 뭐 조절은 했겠죠.

김생민: 살아가고 있죠. 어떤 분은 얘기합니다. **"숨만 쉬면 살아 있는 것이다."** 740만 원을 모으는 동안에도 이분은 재미있게 생활했을 겁니다. 친구들과의 수다, 어머니가 차려주신 밥…… 여기에서는 **○○한 셈 쳐야 한다**는 교훈을 드리고 싶습니다.

송은이: ○○한 셈 쳐라?

김생민: '**없는' 셈 쳐라.** 그러면 돈은 언제 씁니까? **돈은 필요할 때 쓰는 겁니다.** 그렇지 않으면 쓰지 않는 거거든요. 그렇다면 언제 필요할 것이냐가 바로······.

김 숙: 뭔지 모르겠지만 빠져들지? 몰입이 되네.

김생민: 바로 가치관입니다. 그것이 바로 가정교육이죠. 가정교육은 곧 가치관을 형성하는데, 필요할 때 쓰라고 얘기해도 내일 당장 돈이 필요한 사람이 있고 당장 돈이 필요하지 않은 사람도 있어요. 그 두 사람은 그렇게 반 발자국씩 차이가 나다가 마흔두 살 10개월이 지나는 시점에 굉장히 큰 차이가 납니다. 어떨 때는 6억 이상 차이가 날 수가 있죠. 김숙 씨가 아직은 마흔두 살이 안 됐기 때문에 마흔두 살에 **역사의 심판**을 받을 거예요. 그런 식으로······.

송은이: 펑펑 쓰다가는? 최근에 김숙 씨가 자꾸 차를 바꾸겠다고~

김생민: 정말 큰일 날 행동이죠! 그럴 때는 이런 좌우명을 가져야 합니다. 벽에 붙여놔야죠. **나는 ○○할 자격이 있는가?**

김 숙: 나는 ○○할 자격이 있는가? ○○?

김생민: ○○는요, '차를 바꿀'입니다. **(단호)** 자격이 생기지 않으면 밥을 두 끼만 먹어야 됩니다.

김 숙: **(정색)** 죄송한데 오늘 밥 세 끼에 간식 두 끼 먹었거든요.

김생민: 그럼 저희 아버님이 네가 시험을 그 모양으로 보고 밥을 먹을 자격이 있느냐는 말을 하시죠. 근데 지금 이 학생은 백 미터 달리기로 따지면 65미터 선을 지난 거죠. 무슨 뜻이냐, **740만 원을 모았다면 앞으로 10억으로 갈 확률이 높은 겁니다.** 정말로 이 사람이 부자가 될 확률이 있다면 앞에 몇 가지 본인에게 테스트를 해야 합니다. **나는 절실함이 있는가.** 요게 진짜 중요해.

돈은 안 쓰는 겁니다.

송은이: 우리 방송이 원래 강의 방송이야? 세미나야?

김생민: 절실함이 있는 분이 어른이 돼서 남을 배려할 줄 알고 본인의
목표를 향해 한 걸음, 한 걸음 나아간다는 강의 내용이 있죠.

송은이: 어디에요?

김생민: 제 마음속에요. (뻔뻔) 이분은 이 돈을 어떤 쪽으로 가져갈 것이냐
저한테 만약 물어보신다면······.

(저만 알고 있는 경제 얘기 중)

김생민: 재테크의 공식 중 이 기다림에 대해서 말씀을 드리면, 기다림은
아무도 알 수 없지만 이 740만 원을 가지고 책을 먼저 충분히
봅니다. 돈을 굴리고 싶다고 적으셨기 때문에, 이분은 돈 굴림에
대한 관심이 있습니다. 그럼 그 수없이 많은 돈 굴림 중에 하나
예를 들면 주식이라고 하자 이겁니다. 그러면 이분이 주식을
해야 될까요, 말아야 될까요?

김 숙: '말아야 될까요'에 한 표 드립니다.

김생민: 아니죠. 요즘 주식에 모의투자라는 게 있는데······.

(주식 얘기만 15분째 하는 중)

김 숙: 주식을 한번 해보라는 거죠, 지금?

송은이: 아니 그 얘기가 아니라······ 김생민 씨는 책을 읽으라는 거예요.
그 예를 들어 '주식을 한다고 치면~'에서부터 지금까지
온 거예요.

김생민: 그럼 이렇게 하죠. 일단 부동산에 관심을 갖는 겁니다.

(740만 원밖에 없는 대학생 사연 앞에서 부동산 얘기 중)

송은이: 끊어야 돼! 안 끊으면 계속하고 있어. 사연자가 들으면 놀라실
　　　　수도 있어요! **(절레절레)** 저는 이런 조언을 해드리고 싶어요.
　　　　740만 원이니까, 저라면 5백만 원을 일단 놔두고
　　　　240만 원은 김생민 씨처럼 써라!

김　숙: 그거 김생민 씨가 제일 싫어하는 말이에요.

김생민: 이게 제가 제일 싫어하는 끝자리 떼기거든요. **(길색)**
　　　　이 문제를 받아들였을 때 두 가지 방법이 있다고 생각합니다.
　　　　740만 원이 있다면 엄마한테 조르고 졸라서 60만 원을 받아내
　　　　8백만 원을 채우는 방법이 있습니다.

김　숙: 저도 송은이 씨랑 비슷해요. 5백만 원 적금 딱 넣고
　　　　240만 원으로는 유럽 배낭여행 갔다 오겠습니다.

김생민: 동양에는 이런 말이 있습니다. "모든 것은 운명이다." 동양에서
　　　　가장 좋아하는 숫자 3, 그리고 서양에서 가장 좋아하는 숫자 7.
　　　　그래서 **730만 원을 저금하는 방법도 있습니다.**

김　숙: 자, 그러면 10만 원 남는데요?

김생민: **남은 10만 원으로 통영에 갔다 왔으면 좋겠습니다.**
　　　　저는 국내여행을 추천해드립니다.

송은이: 김생민 씨가 사실 사기를 쳐가지고 남의 등을
　　　　처먹겠다 마음먹었으면 굉장히 크게 성공했을 거예요.
　　　　사기 전과 8범은 됐겠죠.

김　숙: 김생민이네~ 이래서 김생민 김생민 하는구나.

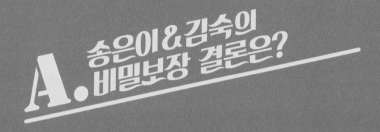

송은이: **김생민 씨 말을 들어라.**

김 숙: **730만 원은** 모아두고!

송은이: 여행자금은 **10만 원!**

김 숙: 해외여행 말고 국내여행.
통영 갔다 와.

김 숙: 언니…… 배불러.

이영자: 재민아. 이제 가는 길에 없어? 저기가?

매니저: 휴게소요? 예. 이제 끝났습니다.

이영자: 아, 끝났어? 그럼 가다가 이제 그 쉼터 있거든. 약간 그 조는 사람들
　　　　쉬고 가라고. 가다보면 그 가시 쉼터인가 있어. 거기 잠깐만 세워줘.

김 숙: 뭐하게, 언니?

이영자: 언니가 어묵 좋아하잖아. 하나씩만 딱 먹자. 난 흔들리면서 먹으면
　　　　너무 체해. 여기 봐봐. 내가 제일 좋아하는 어묵.
　　　　나는 생선가게를 했기 때문에.

김 숙: 도시락…… 저, 언니. 도시락이 왜 이렇게 커? 이거 그냥 그대로 먹어?

이영자: 그럼~ 이건 그냥 이렇게 먹어야 맛있어. 나눠 먹자.

김 숙: 이거…… 김밥용 아니야?

이영자: 아니야. 일곱 장 들었는데 내가 두 장 줄게.

김 숙: 언니 몇 장 먹게? 다섯 장 먹게?

이영자: 아이~ 아니~ 사람 밀로 보고, 언니 다이어트 하잖아.

김 숙: 그럼 몇 장 먹게, 언니는?

이영자: 세 개.

김 숙: 매니저는 두 개?

이영자: 이거는 가서 먹고.

김 숙: 야, 너 배 아파서 죽지 않냐? 안 웃기냐? 난 영자 언니가 세상에서
　　　　제일 웃긴 거 같아!

이영자: 재민아, 저기 저 쉼터에서 세워라잉. 남들은 잠깐 졸고 가는 건데
　　　　우린 잠깐 먹고 가는 거야.

Q.

돈 없어 손 벌린 친구,
빌려줄까, 말까?

66

나이 먹어가면서 점점 주변에서
돈을 빌려달라는 친구들이 생기는데
어떻게 하는 게 맞나요? 부모자식 사이에도
돈은 빌려주는 거 아니라고 하잖아요.
그런데 돈 빌려달라고 하면 참 마음이 약해집니다.
안쓰럽기도 하고요. 그럼에도 불구하고
그냥 안 빌려주는 게 맞는 건지, 그래도 친구인데
어려울 때 돕는 게 맞는지 결정해주세요.

99

송은이: 돈거래. 사실 돈은 거래 안 하는 게 맞는 것 같아요.

김 숙: 나는 신인 때 350만 원을 빌려준 적이 있었어, 아는 언니한테.
근데 이 언니가 10만 원씩 갚았어, 10만 원씩 찔끔찔끔 갚아서
결국은 한 7년 정도 걸렸나요? 근데 그게 다 갚은 것도 아니었어.

송은이: 이거 나한테만 모질구만, 이거. 너 나한테만 모질어.

김 숙: (딴청) 아, 그러면 일단 우리가 전화를 한번 해봐야 되나요?
(연락처 검색 중) 이분 돈 진짜 많이 뜯겨봤는데.

송은이: 뜯긴 분한테 먼저 해봅시다, 그러면.

김 숙: 돈이란 돈은 다 뜯겼어. **우리 사장님**이었죠,
엔터테인먼트 사장님.

김 숙: 언니, 돈 날린 게 여태까지 얼마 정도 되지?

사장님: 다 해서 3억 정도 되지. 그러면서 여태껏 겪었던 노하우로는
안. 빌.려.주.는 게 나아.

송은이: 아, 그게 노하우야? 3억 뜯기는 게?

사장님: 안 받아도 된다는 마음이지만 은연중에 괘씸해서
그 사람과 거리를 쌓게 돼 있어. 말이라도 고맙다고
한번 안 찾아오고 전화 한 통도 없어? 빌린 사람은 원래
빌려준 사람한테 더 잘하고 연락도 하고 이래야 되는데,
한 번 빌리고 안 갚을 마음이 있는 애들은 연락이 늦어지면서
안 오기 시작하고, 지들이 튕기기 시작하는 거야.

김 숙: 이게 사실 거절하기가 어려워서 빌려주는 거 아냐?
거절을 어떻게 해야 되는 걸까?

사장님: 거절하기 제일 쉬운 애들이 결혼한 애들. **내.가. 관.리.하.는
게 아.니.다** 하면 되지.

송은이: 아, 내가 통장 관리하는 게 아니다?

사장님: 그리고 뭐, 나이 겁나게 먹었는데도……

송은이: (과민반응) 내 얘기하는 거야?!

사장님: 내 얘기하는 거야. 나이 겁나게 먹었는데도 엄마 아빠 핑계를
대는 거지. 난 부모님한테 맡겨놓고 나중에 유산 형식으로
받게 돼 있다.

송은이: (웃다가) 구차하지 않아?

김 숙: 언니는 요즘 그런 방법으로 안 빌려줍니까?

사장님: 내가 빌려줄 돈이 어디 있냐? 빌리기 바쁜데.
나는 엄마한테만 빌려봤잖아. 그래서 내가 조사해본 결과,
형제지간은 고소가 돼요. 그런데 부모자식간은 고소가
안 돼. 엄마가 날 고소할 수는 없어.

김 숙: 그래서 엄마한테 자꾸 빌리는 거야?

사장님: 그렇지! 예전에 엄마한테 그 돈 빌렸었잖아.
나 음반 제작한다고 난리쳐가지고, 나중에 엄마가 돈 왜
안 주냐, 이자 왜 안 주냐, 그랬거든. 그래서 내가 배 째라고
맘대로 하라고 하니까 전화기 들고 고소한다고 이래가지고
내가 다 알아봤다고. 엄마가 나 고소 못 하게 돼 있다
그러니까 엄마가 뭐 저딴 게 다 있냐고 그러더라.

송은이: 기본적으로 마음을 언니처럼 먹어야 돼.
핑계를 댈 수 있으면 최대한 안 빌려주는 게 좋고.

김 숙: 근데 이 사연 주신 분은 돈이 좀 있어. 그래서
빌려줄까 말까 하고 있는 거야.

송은이: **김생민 씨**가 지금 촬영 중인데 전화할 거면 빨리 하라고
지금 문자 왔어요. 연락해볼게요.

김생민: 결론을 말씀드리면요, 빌.려.주.면 안. 됩.니.다.

송은이: 뭐, 예상했던 바인데. 이유는요?

김생민: 자기가 살아온 인생, 추억과 모든 것을 담보로 빌려달라는 거거든요. 그렇기 때문에 그 모든 추억, 그리고 쌓아온 모든 우정이 송두리째 날아갈 수가 있습니다.

김 숙: 아, 돈만 날리는 게 아니다?

김생민: 그렇죠. 그럼에도 불구하고 빌려줘야만 한다면 못. 받.는. 다.고 생각하는 금.액.만.큼.만. 빌려줘야 됩니다.

김 숙: 그렇다면 30대 중반의 직장인, 일반 직장인이 그냥 빌려줘도 되는 금액은 얼마 정도일까요?

김생민: 아, 30대 중반입니까? 만약 세 손가락 안에 들게 친한 사람이다, 그럼 170만 원! 50 손가락 안에 들게 친하다, 그럼 35만 원!

송은이: 저는 개인적으로 세 손가락 안에 드는 친구는 2백만 원 정도 빌려주고 싶은데요.

김생민: 아, 그거는 또 자기 월급을 나누기해야 되거든요? 그 함수 관계가 있어요.

(2백만 원을 빌려주고 싶다면 어떤 조건의 회사를 다녀야 하는지 설명 중)

김생민: 사실 어떤 말씀을 드리고 싶냐면 우리는 전래동화나 이솝우화나 탈무드 같은 걸 읽으면서 누군가에게 크게 베풀면 복을 받는다는 얘기를 어렸을 때부터 알고 있잖아요?

송은이: 그런 생각이 주입되어 있죠.

김생민: 근데 그것이 나쁘다는 게 아니라 현실과는 다를 수도 있다는 거죠.

송은이: 생각보다 맞지 않는 경우가 많다?

김생민: 네, 그래서 오히려 나의 부모와 나의 형제를 먼저 잘 챙기고, 우선순위를 정하지 않고서는 자기중심이 없어지기 때문에......

김 숙: 김생민 씨, 그만하셔야 될 것 같아요.

송은이: (피곤) 생민아......

김 숙: 지금 지루해가지고 사탕 까먹었거든요?

김생민: 아, 죄송합니다. 죄송합니다. 어, 나 들어가요.

김 숙: 적절하게 사탕을 잘 까먹었네요. 부시럭부시럭 소리가 나길래.

송은이: 저도 지금 몇 번 정도 치고 들어갈까 하다가 말이 안 끊겨서.

김 숙: 우리가 이 사연을 접하면서 다들 마음속에 같은 생각을 하지 않았을까 싶어요. 각자가 생각하고 있는 것들의 결론을 내보죠.

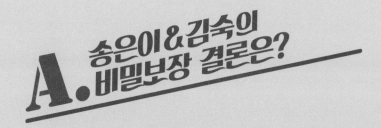

A. 송은이&김숙의 비밀보장 결론은?

송은이: 빌려주지 마세요.

김 숙: 네, 마음 단단히 먹고!

송은이: 자칫하다간 돈뿐만 아니라 사람까지 잃을 수 있어요.

김 숙: 애초부터 거절하는 방법을 고민해보는 것도 좋겠네요.

Q.

창업! 치킨집 할까?
PC방 할까?

66

저는 6년 정도 엔지니어로 회사를 다니다가
사고가 생겨 보상금을 받고 일을
그만뒀어요. 보상금과 제가 가진 전 재산을
탈탈 털어 모은 1억으로 같이 일했던 동료와
창업을 하려는데 어떤 종목을 해야 할지
모르겠어요. 치킨집? 고깃집? 카페? 편의점?
솔직히 장사를 안 해봐서 잘 모르겠네요.
창업 종목 좀 정해주세요. 그리고
창업 노하우도 전수해주세요.

99

송은이: 뭔가 특수성을 띠지 않으면 요새 힘들 것 같은데.
근데 너야말로 **창업의 여왕**이잖아.

김 숙: 뭔 여왕이야~

송은이: 너 은근히 많이 했다. 게임 매니지먼트 하려고 했다가 게임에
빠져서 못 했고요. 이대에서 옷가게도 했었지. 동대문시장으로
옷 사러 갈 때 한번 따라갔는데 **지 옷을 사더라고.**

김 숙: 지금 이대에 중국 관광객 대박인데! 너무 앞서간 거야, 내가.
그래서 얼마 전에 다시 창업을 하려고 "창업을 하려면 어떻게
해야 되냐?" 물어봤더니 유상무 씨가 PC방 괜찮다던데?

송은이: 아, 그래?

김 숙: 유상무 **씨가** PC방 했었잖아요. 그다음에 팥빙수집,
그 집이 대박이 난 거죠. 완전 회장님이야! 사업가야!

유상무: 고민을 진짜 많이 해야 되는 거 같아요. 이거 너무 뻔한 얘긴데
정말로 **경.험.**을 얻는다 생각하고 **소.액.투.자.** 식으로
하는 게 나을 거 같아요.

송은이: 적은 자본으로 시작할 수 있는 걸 찾아봐라?

유상무: 주식이나 이런 거만 해도 정말 공부 열심히 하잖아요?
그런데도 다 망하잖아요. 근데 진짜 이 사업은 그렇게 공부
안 하고 그냥 딱 해버리는데. 사실은 주식보다 더 큰 돈이
들어가는데도 주식만큼 열심히 안 하거든요.

김 숙: 그러면 종목만 따지자면 치킨집, 고깃집, 카페, 편의점,
디저트카페, PC방 중에선 뭐가 낫냐?

유상무: 일단은 지금 말씀하신 게 자본금이 다 달라요. 그래도 저는
그나마 가장 조금 할 만한 거는 P.C.방.이라고 봐요.
고깃집이나 음식점, 디저트카페 이런 거는 사실 고객들의

호불호가 굉장히 갈려요.

송은이: 그치! 맛도 좋아야 되고 서비스, 위치……

유상무: 맞아요. PC방 같은 경우에는 사실 그 시대에 가장 좋은
컴퓨터와 공간만 확보해두면 변수가 별로 없어요.
서울 쪽보다는 지방 쪽이 좀 더 나은 거 같고요.
어차피 똑같은 천 원인데 서울은 세가 비싸고 지방은
세가 좀 더 싸니까.

송은이: 월세 고정비가 적게 들어가는구나.

김 숙: 너 아직도 하고 있어, PC방?

유상무: 네. 저는 전국에 450개 정도 하고 있죠.

송은이: 유상무 씨가 진짜 그냥 한 게 아니고 조사와 공부를 많이 했네.
전국에 PC방이 450개…… 장난이 아니잖아요!

김 숙: 가만있어봐, 연예인 말고 일반인한테 연락해볼까?

송은이: 마반장한테 전화해봐. 마반장 성공했잖아, 창업해서.

김 숙: 언니, 요즘 자영업자들 픽픽 쓰러진다는데 버티고 계시네요.
창업하신 지 얼마 됐습니까?

마반장: 지금 8년째 장사하고 있습니다. 억지로 억지로.

김 숙: 요새 경기가 안 좋긴 안 좋지. 혹시 옆에서 누가 창업한다고
하면 언니는 무슨 얘길 해주고 싶어요?

마반장: 창업한다고 하면, 하라고 하죠. 열심히 해보라고. 왜?

송은이: 창업이 힘들다니까.

마반장: 아유~ 머리를 써서 잘해야지! 열심히!

김 숙: 언니는 창업할 때 무슨 머리를 쓰셨어요?

마반장: 음식점은 맛이 일단 제일 중요하고, 그리고 우리같이
       골목에 있거나 작은 데는 이.벤.트.를 자주 해야 되고.
       뭐, 〈금요일 금을 잡아라〉라든가.

김 숙: ......언니, 혹시 감자탕에 금 넣어놓는 거야?

송은이: 감자탕 먹다가 "아! 아! 이거 뭐예요?"

마반장: 여름에는 감자탕이나 삼겹살 같은 거는 더우니까 손님이
       떨어질 수 있어. 그러면 〈마반장이 쏜다〉 이래가지고
       음료수나 소주 한 병 쏘는 거지, 공짜로.

송은이: 서비스로 시원하게! 기분 좋게!

마반장: 가게에서 계속 뭔가를 하고 있고 열심히 한다는 것을
       보여주는 거지, 손님들한테.

송은이: 자신 있는 요리 하나만 하는 게 나을까, 메뉴가 많은 게
       나을까?

마반장: 나 같은 경우는 골목에 있기 때문에 메뉴가 여러 가지
       있는 편인데 전.문.점.을 하는 게 훨.씬. 좋지.
       그러면 나이 들었을 때 다른 사람한테 맡길 수가 있잖아.
       내가 직접 다 안 해도 되고.

김 숙: 지금은 누구한테 맡기고 어디 갈 수가 없는 상황이죠?

마반장: 아, 내가 다 해야 되죠. 그러니까 아주 겁나 힘들어!

송은이: 그래서 어디 가고 싶을 때는 친구들을 가게로 불러서
       새벽 3시까지 가게 문을 닫고 놀아요. 친구들을 집에 안 보내!

김 숙: 아~ 이 언니 멋있네.

마반장: 왜 이래, 이거? 가라고 해도 안 가면서!

김 숙: "우리 애들 왔으니까 셔터 닫아!" 건달처럼 노시네요, 언니.

송은이: 생긴 걸 보면 깜짝 놀랄걸요?

김 숙: 왜요?

송은이: 정말 건달 같아서.

송은이: 그러면 제가 요식업 쪽 분을 한번 연결해볼게요. 이분이 지금
현재 부대찌개 체인점과 양꼬치 체인점을 하고 계시거든요.

김 숙: 심태윤 씨 말하는 거 아닙니까?

송은이: 네. 얘가 근데 강남에 포장마차부터 시작했어.

김 숙: 얘 어마어마하지.

심태윤: 창업에 대한 내 생각은, 보편적으로 안 하는 게 좋겠고
만약에 준비가 확실히 된 사람이면 해도 되고.

김 숙: 준비가 잘 안 된 거 같아. 엔지니어 회사에서 일하다가
퇴직금으로 같이 일하던 사람이랑 창업하겠다는 거거든.

심태윤: 자, 우리가 운전을 하려면 뭐가 있어야 돼? 운전면허증!
의사가 되려면 의사면허증이 있어야 돼. 근데 창업은
그런 면허증 없이 아무나 다 할 수 있잖아? 그게 함정인 거지!
사실 창업에도 보.이.지 않.는 자.격.증.이 필요하거든.

송은이: 그러면 네 경우를 얘기해줘봐.

심태윤: 일단은 이분이 치킨집을 하고 싶다면 평상시에 치킨집을
일.주.일.에 두.세. 번.씩 많이 가보셨는지가 중요해.

김 숙: 그렇게 많이 가봐야 돼?

송은이: 너는 그렇게 했어?

심태윤: 당연하지! 나는 원래 워낙 먹는 걸 좋아했기 때문에……
나는 그냥 어린 시절부터 통통했잖아, 누나. 누나도 그렇고
나도 그렇고 우린 먹는 걸 좋아하잖아.

송은이: 그렇지. 너무 좋아하지.

심태윤: 그리고 심지어 이걸 어떻게 만들었을까 궁금한 게 많잖아.
여기 어떤 재료가 들어가고……

김 숙: 너도 항상 만들어보잖아.

심태윤: 십몇 년을 그렇게 살아왔던 게 어떻게 보면 공부가
된 거지. 이분이 아무리 다른 업종에 있었어도 살아오시면서
평.상.시.에 음식 같은 것들에 대해 관.심.이 많았고
깊이 연.구.를 해봤고 그러면 할 수 있다고 생각하지.

김 숙: 태윤아, 내가 상담 좀 해볼게. 내가 있잖아, 당근을 좀
좋아해. 그래서 당근주스나 당근케이크 위주로 당근바를
제주도에다가 오픈하고 싶어. 어떠냐?

심태윤: 네가 사석에서 이 말을 했었잖아. 그런 다음 내가 제주도에
갔잖아? 그런데 당근바가 있더만!

김 숙: (허탈) 언제 생겼니?

심태윤: 있어~ 당근으로 만든 주스랑 당근케이크이랑 다 있더만!
아무튼 그래서 유심히 봤지. 근데 나는 가능성은 있다고 봐.

김 숙: 오케이. 가자. 같이 동업하자.

심태윤: 근데 네가 하는 거는 모르겠어. 만일 정말 하고 싶으면
셰프랑 동업을 해.

김 숙: 아니야, 나는 지금 엔지니어랑 동업을 해야겠어. 이분이 돈을
좀 갖고 있으니까 이분한테 당근바 한번 해보자고.

심태윤: 너랑 이 엔지니어랑 당근바를 하면 진짜 망할 확률이
높다고 생각해.

김 숙: 그렇겠지? 이 사람도 뭘 모르는데……

심태윤: 숙아. 당근은 절대 하지 마.

김 숙: 왜 하지 마?

심태윤: 당근은 그분이랑 하지 마. 아까…… 그 엔지니어랑 절대 하면
안 된다?

김 숙: 심태윤 씨는 요리를 직접 해보잖아. 맛집 가서 먹어봤던 그대로
맛을 내기 위해 집에서 여러 번 다시 만들어서 그 맛을 낸단 말이야.

송은이: 살이 많이 쪘어.

김 숙: 그러니까 심태윤 씨가 지금 양꼬치집도 그렇고
다 잘되고 있는 거죠.

송은이: 메뉴 개발도 다 하고 본인이 재료부터 다 골라서 만드는 것들이니까.
잘되는 사람한텐 다 이유가 있지 않나 그런 생각을 하는데,
그래서 우리가 실제로 오늘 이런저런 연결을 해보지 않았습니까?
결론 내리기가 복잡할 수도 있겠지만 저희 나름대로의
결론을 내려드리죠.

A. 송은이&김숙의 비밀보장 결론은?

비밀보장

김 숙: 저랑 당근바 하시죠. (농담) **공부를** 좀 더 해보심이 어떨까요?

송은이: 평소 직장 생활하시면서 **본인이 정말** **좋아하고** 직장 생활 외에 **재미있어하고** **관심 있어 했던 거부터 시작**해보시는 게 좋을 것 같습니다.

김 숙: **오랜 고민과 경험**이 있어야 실패 확률을 줄일 수 있을 겁니다.

송은이: 경기가 안 좋을 때일수록 **신중하게!**

송은이와 김숙에게 묻다!
비보 인터뷰

〈비밀보장〉이 대박 나서 지상파 라디오 방송인
〈언니네 라디오〉까지 확장됐고
이렇게 단행본도 나오게 됐는데,
앞으로 두 분이 어디까지 갈 수 있을까요?
마음껏 꿈의 나래를 펼쳐보세요.

김 숙: 질문이 꼭 초등학생한테 하는 것처럼...... (씨부렁)
저는 일단 〈비밀보장〉이 상위권을 유지하면서 100회까지 가는 게 꿈이고.
그다음에 〈언니네 라디오〉가 〈비밀보장〉에서 확장한 거 아닙니까?
팟캐스트에서 공중파로 간 건 최초예요. 〈언니네 라디오〉도
딴 거 바라지 않고 한 10년만.
10년 동안 디제이 하면 황금잎 주잖아요?
황금잎, 고거 하나 받고 오는 게 제 꿈이에요.

송은이: 김숙 씨는 꿈이 좀 소박하네요. 저는 〈언니네 라디오〉까지 갔으니까,
이제 아시아권으로 가야죠.

김 숙: 워스딴신! "저는 솔로예요." 이 말밖에 모르는데. 중화권 가야 됩니까?

송은이: 예, 중화권 가고, 넘어서서 세계로. 전 세계 어디에서도
여성 코미디언 콤비가 세계적인 유명세를 떨치는 경우는 없어요.
처음에 팟캐스트 시작할 때 우리의 작은 꿈은,

전 세계를 다니면서 녹음하는 거였지 않습니까?
김숙 씨가 좋아하는 여행을 함께하면서.
교민들도 만나고, 얘기도 하고, 녹음도 몇 개 하고,
그때 그 자리에서 그냥 업로드해서 올리고.

김　숙: 그게 꿈이죠.

송은이: 둘 다 아이슬란드 가는 게 정말 소원인데.
"아이슬란드의 멋진 설경을 보면서 하고 있습니다."
입이 얼어붙고, 말도 안 나오고, 그래도 좋겠지.

김　숙: 아, 너무 좋죠! "오늘은 그린란드에 와봤어요.
사진 몇 장을 홈페이지에 올리겠습니다~" 요롷게 하는 게
꿈이긴 한데 쉽진 않네요. 건강하세요, 선배님!

[특집]

녹색창에 쳐도
안 나오는
사소한 법률 상담소

송은이: 자, 〈사소한 법률 상담소〉 특집입니다. 그래서 모셨습니다.
　　　　김숙의 친구, 박지훈 변호사!
김　숙: 제 친구들 중 유일하게 배운 아이입니다.
　　　　저를 포함해 제 친구들은 다 가방줄이 짧지 않습니까?
　　　　이 친구만 가방줄이 길고 박식하고 그런데,
　　　　상담은 제대로 할지 모르겠네요.
송은이: 변호사들 바쁘잖아요, 요새. 방송도 많이 나오고.
변호사: 저 같은 경우는 방송이 참 재미있습니다.
　　　　사람들에게 쉽게 법을 알리고 싶어서
　　　　섭외만 들어오면 거의 다 나갑니다.
송은이: 법정보다 방송국에 더 많이 나가시는 거죠, 요새?
변호사: 법정 스케줄을 바꿔가면서 가능하면
　　　　방송에 더 많이 나가려고 합니다.
김　숙: 단언컨대 제가 말씀드리자면,
　　　　이 친구가 송은이 씨보다 방송이 더 많아요.
변호사: 많이 나갈 때는 일주일에 서른 개씩 나갔습니다.
송은이: 일주일에? 그럼 법원은 일주일에 몇 번 나가요?
변호사: 두 번? 하하하……
김　숙: ……지도 어이가 없는지 웃네.

Q. 남친과 10만 원 내기 후 새끼손가락 걸고 도장도 찍었어요. 제가 당연히 이겼죠. 근데 남친이 10만 원을 안 주고 배 째라 합니다. 손가락 걸고 도장 찍은 건 법적 효력이 없나요?

A. 사실 법적 효력이 있습니다. 받을 수는 있는데, 문제는 증인이 없으면 재판 가서 남자친구가 거짓말할 확률이 높습니다. 그러니 증인을 두거나 녹음을 좀 해두면 받을 수가 있습니다.

그러니까 나는 이렇게 얘기를 해주고 싶어. 무슨 내기를 할 때 공증을 꼭 받아라. 동영상이라도 좀 찍어놔라!

Q. 돈 없는 대학생인데요. 한창 술을 먹고 있는데 옆 테이블 사람들이 안주를 다 남기고 집에 가더라고요. 그래서 안주를 정리하기 전에 몰래 우리 테이블에 옮겼어요. 근데! 간 줄 알았던 테이블 주인들이 다시 돌아오는 거예요. 그 사람들이 만약에 저희를 절도로 신고하면 어떻게 되는 건가요?

A. 안 갔는데 만약에 먹었다. 남의 걸 먹은 거거든요. 타인의 재물을 절취하면 절도죄가 됩니다. 근데 만약에 그 사람들이 간 게 확실하다! 그걸 먹었다! 그러면 이탈물횡령죄가 됩니다. 허락 맡고 먹어야 합니다. 가는 사람 붙잡고 "혹시 가십니까? 이거 좀 먹어도 됩니까?" 하고 먹어야죠.

Q. 주변 사람들한테 고마운 일이 있거나 잘 보이고 싶을 때 기프티콘 보내잖아요. 근데 보내놓고 기프티콘을 취소하는 경우가 있는데 줄 때는 언제고 왜 취소합니까? 일단 받은 거 제 소유 아닌가요? 기프티콘 줘놓고 취소하면 법적으로 소송 걸 수 있나요?

A. 기프티콘을 취소하는 데 사유가 있다 하면 소송 못 걸고요. 만약에 아무 사유 없이 취소를 했다 그러면 소송을 걸 수가 있습니다.

아, 나는 그렇게 얘기하고 싶다. 기프티콘을 줬다가 취소를 했어. 그러면 그거 아까워하지 말고 이렇게 얘기해라. "야! 이 더러운 쌩양아치 새끼야!"

Q. 저희 남편 정장 바지를 세탁소에 맡겼는데요. 받아서 입어보니 승마 바지처럼 퐁았더라고요. 세탁소에 따져보니 자기들은 세탁을 똑바로 했다는데 증거가 없습니다. 이런 경우 보상받으려면 어떡하죠?

A. 증거가 없다뇨, 줄어들었으니 안 맞으면 증거가 되는 거죠. 이런 거 일반적으로 세탁소가 물어주는데 만약에 안 되면 소비자분쟁조정위원회에 민원 좀 넣어야 됩니다.

저는 이 사람한테 좀 다른 의견을 주고 싶어요. 승마 바지를 만들어놨잖아요. 그러니까 이제부터 말을 좀 타라. 신의 계시가 아닐까.

Q. 출퇴근마다 만원 지옥철을 타는데 옆 사람 발에 밟히기 일쑤네요. 문제는 어떤 여자가 킬힐로 제 발을 밟았어요. 집에 와서 보니 완전히 곪고 터졌더라고요! 이럴 경우 지하철공사를 상대로 소송을 걸어서 보상을 받을 수 있나요?

A. 가능성이 전혀 없는 건 아닙니다. 근데 일단 여성한테 CCTV 이런 걸 자료 삼아서 보상을 받아보고 모자라는 부분은 지하철공사를 통해서 받을 수 있을 걸로 봅니다.

나는 그렇게 생각해. 여자가 남자들한테 예뻐 보이려고 킬힐 신는 거 아니에요? 그건 잘못이 아니다! 예뻐지고 싶은 욕망은 그냥 내버려둬라! 전 그렇게 얘기하고 싶어요!

Q. 저는 남자고요. 펌을 했는데 머리를 잘못해서 아줌마 머리처럼 됐는데 장난이 심한 제 친구가 그걸 보더니 미친 듯이 약을 올립니다. 제가 하지 말라고 몇 번을 경고하고 화를 냈는데도 계속 놀립니다. 제가 참다 참다 그 친구를 팼습니다. 구타유발자와 구타자, 누구의 과실이 더 큰지 궁금합니다!

A. 구타한 사람은 폭행 내지 상해죄로 처벌받고요, 놀린 사람은 모욕죄로 처벌받습니다. 모욕죄는 1년 이하이기 때문에 폭행죄나 상해죄가 훨씬 높습니다. 때리지 마십시오.

Q.

내가 키운 전남친의
강아지, 누구 거야?

66

남친이 기르던 강아지를 저한테 맡겨서
5년 사귀는 동안 4년 반을 제가 키웠습니다.
그런데 얼마 전 헤어진 뒤 글쎄
강아지를 내놓으라고 하네요. 그동안 제가
다 키웠으니 제 강아지 아닌가요?
너무 정들어서 주고 싶지 않은데요. 헤어진 남친의
강아지는 법적으로 누구의 소유인가요?

99

변호사: 하, 이런 경우 사실 많이 있습니다. 한번 맞혀보실래요?

김 숙: 저는 **원래 키웠던 사람한테 있다!**

송은이: 나는 그거 생각나네, 솔로몬의 판결. 솔로몬의 판결의 핵심이
뭡니까? 친엄마는 눈물을 흘리면서 "차라리 저 여인에게
주십시오!"라고 했고 가짜 엄마는 "그래! 갈라라!" 한 거
아닙니까? 그랬을 때 가르라고 했던 사람이 가짜다.

김 숙: 반으로 나누라고요? **(정색)** 잔인하네. 그렇게 안 봤는데 송은이.
그래서…… 여기 가서…… **개를 갈라라,** 이 얘기를…….

송은이: 아니라고! 나는 **키운 정을 무시 못 한다**는 얘기를 하고 싶은 거야.
개 내놓아라, 고양이 내놓아라, 하면 안 되지!

변호사: 음…… 참 안타까운 얘기를 드려야 되는 게, **강아지는 민법상
물건**입니다. 애견인들이 불쾌하실 수도 있지만 결국은 물건을
맡겨둔 겁니다. 그러니까 이거는 임치라 그러거든요, 민법적으로.

김 숙: 돈을 낸 사람 거예요?

변호사: 맡겨둔 것이기 때문에 이걸 증여했다, 예컨대 물건을 남친이
여친에게 줬다면 받아올 수 없지만 **맡겨둔 게 확실하다면
남친이 가져올 수 있는 상황**입니다.

김 숙: 그럼 사료 반환 소송은 걸 수 있는 거 아니겠습니까?
캔, 통조림! 똥오줌 다 받아냈어, 내가!

변호사: 예리하십니다. 그런 걸 필요비라고 그럽니다. 키우면서 들었던
필요비 반환 청구가 가능합니다. 근데 지금 너무 냉정하잖아요?
지금 이 강아지를 두면 누구한테 갈 것 같아요?

송은이: 엄마한테 가지!

변호사: 엄마한테 가요! 아빠 누군지 까먹었어요, 벌써! 그래서 이런
경우는 조금 안타깝긴 한데요, 우리나라 법 말고 미국의 법에
따르면 특히 이혼할 때 강아지를 어떻게 하시는 줄 아십니까?
안 궁금하십니까? 강아지를 중간에다 놓고 양쪽에 엄마 아빠가

비·밀·보·장·

서 있습니다. 그래서 "이리 온~" 했을 때 오는 쪽으로.

송은이: 진짜? 거짓말하지 마.

변호사: 맞아요. "컴온~" 그러겠죠, 아마도? 미국 같은 경우는 강아지를 생명체로 봅니다. 우리나라 같은 경우는 아쉽지만 이 여성분이 강아지의 소유권을 주장하기에는 좀 어려워 보입니다.

김 숙: 이거 법을 바꾸어야 돼.

송은이: 근데 필요비 반환 청구를 통해서 보상받을 수 있는 권리가 있나요?

변호사: 이런 경우는 **영수증을 많이 모아놓고 개 값보다 더 많이 들었다 그러면 이 남자가 안 키울 겁니다.**

김 숙: 4년이면 개 값보다 훨씬 많이 들어.

송은이: 우리 강아지를 데리고 가렴. 그 대신에 이 돈을 다 주렴.

김 숙: 필요비 반환하렴.

변호사: 주렴! 네가 맡긴 도중에 이만큼 들었다. 음, 그러면 개 값보다 더 많이 나옵니다.

김 숙: 아, 그러면 일단 개를 먼저 주고 소송을 **빡!** 걸면, 남자가 **으악!** 하고 개를 들고 오겠네요.

변호사: 사실 **영수증이 정말 중요하기 때문에 어지간하면 계좌이체로 해야 합니다.** 그래야 증거가 남습니다.

김 숙: 그리고 어지간하면 사귀면서 **뭐 사주고 돌려달라는 얘기 좀 하지 마.** 준 건 준 거야.

송은이: 사귀지 마! 사귀지 마! 혼자 살아!

김 숙: **송은이처럼 그냥!** 꿋꿋하게 있어, 그냥! 살아, 그냥 이렇게!

A. 송은이&김숙의 비밀보장 결론은?

변호사: **남자에게 소유권이 있습니다.**

송은이: 일단 돌려줘.

김 숙: 그 대신 사료, 캔, 기타 등등 **키우면서 든 돈을 반환**하렴.

변호사: 영수증을 모아 **반환비 청구 소송**을 하세요!

Q.

밤마다 오빠를 찾는 옆집 부부.
피해보상 받을 수 있나?

"

20대 모태솔로 혈기 왕성한 남자입니다.
저는 원룸에서 혼자 자취를 하고 있는데 옆집에
신혼부부가 이사를 오면서 스트레스가 시작됐습니다.
아내분이 밤이면 밤마다 오빠를 찾아요.
벽을 치면서 경고를 하는데도 소용이 없습니다.
정신적으로, 육체적으로 참기가 너무 힘든데
매일 밤 오빠를 찾는 이 부부에게
정신적 피해보상을 받을 수 있을까요?

"

송은이: 아, 오빠를 찾아요? **오빠가 많이 숨나봐요?**
오빠가 숨바꼭질 좋아하나봐.

변호사: 이거 제가 고시 공부할 때……
고시원이 방음이 좀 안 좋은데 제 옆방에……

김 숙: 아니 고시 공부하는데 이런 오빠 찾는 사람이 있어?
고시촌에서 그러는 건 너무 심했잖아요. 공부하잖아요, 다들.

송은이: 그래, 거의 도 닦듯이 공부해야 되는데…….

변호사: 상당히 괴롭습니다. ……떨어집니다, 다.
그 층은…… 다 떨어집니다.

송은이: 그건 진짜 고소해야 되는 거 아니에요?

변호사: 그런데 오빠 소리가 다 들린다는 게
건축이 좀 잘못된 거 아닙니까?

김 숙: 그러니까 원룸들이 가구 배치를 좀 잘해야 되는 것 같아. 침대가
벽 쪽에 붙어 있으면 안 되니까 **침대를 벽에 붙이지 마라 이거예요.**

변호사: 기본적으로는 **옆집이 가해자라고 봐야 됩니다.** 최대한 소리를
줄여야죠. 사실은 그게 맞고. 자, 층간소음 기준이 있어요.

송은이: 어~ 데시벨 측정이요?

변호사: 기준이 있는데 그런데 이 사건 같은 경우는 제가 봤을
때 해당 사항과 좀 안 맞는 게 두 가지 기준입니다.
'직접 충격 소음' 이라고 애들이 쿵쾅거리는 그런 소음, 아니면
피아노 소리 같은 '공기 전달 소음'. 이 경우 공기 전달 소음인데.
"오빠야~" 이 소리가 들리나? 약간 좀 어렵거든요?

송은이: "오빠야~"가 왜 안 들려요?!

김 숙: "오빠야~"가 지속적으로 들리는 거죠, 한 번 들린 게 아니라.
아니면 여러 가지 버전이 있을 수 있고.

변호사: **신음 소리** 아닙니까, 그럼?

송은이: 이제 이해하신 거예요?

변호사: 아…… 이게…… 그 오빠가 아니고…… **그겁니까?!**

김 숙: 뭐하시는 거예요, 지금?

변호사: 저는 오빠를 부르는 줄 알았는데…… **(당황)** 그러면 결론이 달라지는데, 이런 경우라면 야간에는 40데시벨!

송은이: 데시벨기 하나 사야겠다.

변호사: 1분간 40데시벨이 넘어가면 평균적으로 **층간 소음에 해당합니다.** 그래서 좀 조용히 하라고 요청을 할 수 있을 것 같습니다.

김 숙: 그렇게 얘기를 해야 됩니까? 조용하게 관계를 부탁드립니다?

변호사: 데시벨이 크게 나옵니다.

송은이: 신혼인 건 이해하지만. 편지나 쪽지 같은 걸 써보는 건 어떨까요?

변호사: 본인이 직접 가면, 살인 사고가 그렇게 일어나는 거거든요. **직접 들어간다든지 초인종을 누르면 주거침입죄가 성립할 수 있습니다.** 그 사람의 사생활을 침해하는 거기 때문에 다른 사람을 통해서 해결하세요. **공동주택이라면 관리소, 아니면 환경분쟁조정위원회라든지.** 그런 데를 통해서 해결하시는 게 바람직합니다.

김 숙: 그건 맞는 것 같아. 직접 찾아가면 싸움밖에 안 되지.

변호사: 제가 법률 조언이 아닌 개인적인 조언을 드린다면, 이 부부랑 친해지라고 하고 싶습니다. **부부랑 친해져서 슬쩍 얘기해, 슬쩍.**

김 숙: 참 슬쩍이다. 그게 슬쩍이다!

송은이: 좀 민망하잖아요!

변호사: 그러니까 많이 친해져야 됩니다, 그러려면.

송은이: 아니면 이런 접근법은 어떨까?
"안녕하세요. 저 옆집 살아요.
저기…… **나이 차이가 많이 나시나봐요?**

오빠를 많이 찾으시던데."

김 숙: 근데 벽을 치는 건 괜찮습니까? "조용히 합시다!" **(쿵쿵!)** 이렇게.

변호사: 그래서 계속 얘기를 하지만, 그 집 앞에 가서 문을 두드려서
주거침입죄로 고소당한 경우도 있습니다. 왜냐면 주거침입죄가
평온한 사생활을 보호하기 위한 법이거든요. **밖에서 막 쳐서
불안감을 느꼈다면 주거침입죄 고소가 가능합니다.**

송은이: 근데 이게, 사연 주신 분은 소음보다는 욕구 때문에
더 스트레스 받는 것 같아요. 이분, 모태솔로니까.

김 숙: 이에는 이! 눈에는 눈! 오빠에는 오빠!

A. 송은이&김숙의 비밀보장 결론은?

송은이: 데시벨 측정기부터 사라.

변호사: **1분간 40데시벨 이상 지속된다면 층간소음입니다.**

김 숙: 그렇다고 **벽 치지 마시고 관리소에 얘기**하세요.

변호사: **주거침입죄로 고소당할 수 있으니까 옆집과 친해져서 슬쩍~ 이야기**하는 것도 방법입니다.

쉬어가는
코너 - 정선에서 온 개구리 소리

김 숙: 지난 2015년 5월 31일에 원빈과 이나영이 깜짝 결혼을 했습니다.

송은이: 예, 그 밀밭…… 보리밭이었나?

김 숙: 그러면서 많은 여성들이 울음을 터뜨렸죠. 원빈을 사모하던
여자들이 한두 명이 아니지 않았습니까?

송은이: 어우, 나 깜짝 놀랐어! 기사 보고.

김 숙: 그래서 오늘은 그 결혼식을 올렸던 곳. 원빈의 고향이죠.
정선의 개구리들이 슬퍼하면서 우는 소리를 한 분이
녹음해서 보내주셨어요.

송은이: 정선의, 정선에 사시는 분이?

김 숙: 예. 그곳에서 선생님을 하고 계신대요. 제가 문자를 그대로
읽어드리겠습니다.

 아주 귀한 개구리 음원을 녹음했어. 정선에 있는 원빈 집 앞 개구리
소리야. 정선 봉양 초등학교 선생님께서 원빈이 결혼했다는 소식을
들은 날 그 집 앞에서 눈물을 훔치며 개구리 울음소리를 녹음했어.

김 숙: ……근데 이거 큰 소리는 선생님이 우는 소리 아니야?

비 . 밀 . 보 . 장 .

Q.

예전 집으로 잘못 보낸 택배를 지금 주인이 뜯어 썼다면, 누구의 잘못인가?

"

제가 인터넷 쇼핑몰에서 물건을 하나 샀는데요.
잘못해서 제가 예전 살던 집 주소로 보내게 됐어요.
그래서 저는 경비 아저씨에게 따로 보관 좀 해달라고
부탁을 드렸고 확답을 받았습니다. 그리고 택배를
찾으러 갔는데 이미 그 택배는 현재 그 집 사는 분이 뜯어
사용하고 있었습니다. 고가의 SK2 화장품이었는데 말이죠.
그분은 누군가 보낸 선물인 줄 알고 그냥 썼다네요.
이럴 땐 제대로 보관해주지 않은 경비 아저씨
책임인가요? 아니면 자기 물건인지 확인도 안 하고
막 써버린 그분 잘못인가요? 애초에 배송지를
잘못 적은 저의 잘못인가요?

"

송은이: 아니, 배송지를 아무리 잘못 썼어도 **자기 물건이 아닌데 왜 써?**
확인하고 써야지. 거기에 보낸 사람 이름이 다 있다고.
그리고 배송 업체 이름이 적혀 있을 거 아니에요.

김 숙: 저는 3 대 3 대 4로 봅니다. 3은 화장품을 쓴 사람. 그리고
배송지 잘못 쓴 본인 책임 3. 그리고 맡아주던 경비 아저씨 4.
아저씨는 맡아준다고 해놓고 왜 그걸 줘?

변호사: 아, 참 쉽지 않은 질문입니다. 일단 택배 회사의 잘못이 있는지
한번 봐야 되는데. 택배 회사 같은 경우에는 만약에 임의로
경비원에게 맡겨두면 배달이 안 된 걸로 봅니다.

송은이: 아~ 본인한테 전달이 안 되면?

변호사: 특히 현관에 두고 가는 경우가 있거든요?
이거는 전달이 안 된 걸로 봅니다. 그 상황에서 일이 벌어졌으면
택배 회사가 책임을 다 져야 됩니다.

송은이: 근데 왜 그럴 때 있잖아요. 물건 받는 사람이
"아저씨, 그냥 두고 가세요." 하는 경우.

변호사: 그렇다 하더라도 증거, 즉 인수증이 있어야 되거든요?
인수증이 경비 아저씨한테 갔다고 보면 택배 회사는
책임을 면할 것 같고요. 일단 경비 아저씨의 책임이 좀 있고.

김 숙: 있어요?

변호사: 실제로는 이 뜯어 바르신 분이 어떻게 보면 **자기 것이 아닌 걸**
알면서도 뜯어 썼다면 횡령죄가 성립할 수도 있습니다.
점유이탈물횡령죄.

김 숙: 우와~ 큰 거네?

송은이: 크다니까! 자기 것도 아닌 걸 왜 뜯어?

변호사: 근데 이제 이거는 사실 그 사람이 몰랐다 할 가능성이 크고,
받는 사람 이름이 조그맣게 적혀 있으면 모를 수도 있거든요.
그렇다면 제가 봤을 때는 **경비 아저씨하고 뜯어 바른 아줌마,**

> 두 사람 책임이 반반. 경비 아저씨보다는 뜯어 바른 쪽이
> 조금 더 크지 않나.

김 숙: 아줌마 아니라 아저씨일 수도 있어. 암튼 난 이 뜯어 바른 사람이
제일 나쁜 게, 그냥 조그만 거면 괜찮아.

송은이: SK2니까! 놓치고 싶지 않았겠지!

변호사: 근데 이분을 자꾸 욕할 수 없는 게 집에 택배 자주 오는 사람도
있습니다. 쇼핑도 많이 하는 경우 착각을 할 수도 있어요.
저희 집도 한번 그런 적 있거든요.

송은이: 뭘 뜯어 먹었어요?

변호사: 우리 와이프가 어느 날 옥수수를 한참 먹고 있더라고. 그래서
"어디서 왔노?" 하니까 "어디서 보냈더라~" 하는데 보낼
데가 없었거든요? 알고 보니까 전 집주인한테 온 거예요.
그런데 벌써 먹었습니다. **(허탈)**

송은이: 그럼 어떡해?

변호사: 전화해서 미안하다 그랬지요.

송은이: 그래서 해결됐나요?

변호사: "무라~ 잘 뭇나?" 그러시던데요. 우리 같은 경우에는
몰랐습니다. 진짜 몰랐습니다! 알고 먹었다 그러면
그거는 범죄가 될 여지가 있습니다.

김 숙: 돈 보낼 때 제가 잘못 보낸 적도 있어요. 송은이 씨한테
보내려고 했는데 내가 박지윤 씨한테 보낸 거야.

변호사: **(단호)** 점유이탈물횡령죄가 됩니다.

김 숙: 내가 잘못 보냈는데도 불구하고?

변호사: 돈 들어왔으니까 냅다 써버리면 그건 보낸 사람한테 과실이 있다고
보기 어렵거든요.

　비·밀·보·장·

송은이 & 김숙의
비밀보장 결론은?

A.

비밀보장

변호사: **당신의 잘못은 없는 것 같습니다.**

김 숙: **뜯어 바른 사람의 책임이 크지!**

송은이: **경비 아저씨 책임도 좀 있고.**

변호사: **점유이탈물횡령죄. 알고 썼다면 범죄입니다.**

Q.

동의 없이
SNS에 올린 친구 사진,
고소당할 수 있나?

❝

저랑 친구랑 핸드폰으로 같이 찍은
웃긴 사진이 있는데요. 제가 그 사진을 친구의
동의 없이 SNS에 올렸어요. 근데 그 사진이 워낙
재밌었는지 이슈가 좀 됐습니다. 딴 사람들도
막 퍼가고 댓글도 엄청 달렸어요. 그런데 댓글엔 심한
욕설도 좀 있었습니다. 뒤늦게 자기 사진임을
알아보고 화가 단단히 난 친구, 그 친구가
저를 고소할 수 있을까요?

❞

송은이: 만약 죄가 된다면 전 김숙 씨한테 엄청 고소당해요.
　　　　제가 김숙 씨 사진 엄청 올렸거든요. 막 못난 거,
　　　　뭐 다 못난 거지만. 예쁜 게 나올 리가 없지.

김　숙: 그렇다면 송은이 씨는 저한테 고소당해야 되고······.

송은이: 전재산을 숙이한테 줄 수밖에 없어.

김　숙: 제가요, 신봉선 씨 사진을 엄청 올렸거든요.
　　　　봉선이 뭐 먹고 있는 거, 라면 먹는 거, 방송 중에
　　　　그냥 못생긴 거. 그래서 어지간하면 고소 안 됐으면 좋겠어.
　　　　심지어 우리는 모자이크도 안 했어.

변호사: 자기 얼굴에 대한 독점적 권리를 초상권이라고 그럽니다.
　　　　근데 모자이크해서 누가 봐도 알아볼 수 없는 거라면
　　　　초상권이라고 하기 사실 좀 어려워요. 근데 본인은 알아보잖아요,
　　　　자기가 누군지. 그런데 남은 모른다, 그러면 고소할 수
　　　　없을뿐더러 만약에 자기 얼굴을 누가 모자이크 안 하고
　　　　올렸더라도 명예훼손적인 게 없다면 우리나라에서
　　　　처벌할 수 없습니다.

송은이: 기분이 되게 나쁘잖아요, 기분이.

변호사: 그런데 그거는 본인의 느낌이 아니고 명예훼손적인 게 있어야
　　　　됩니다. 예컨대 뭐, 어떤 행동을 하는 걸 찍어서 올렸다든지
　　　　그래야 고소가 가능하고 그게 아닌 이상 민사상 손해배상만
　　　　가능할 뿐입니다.

김　숙: 그러면 친구는 고소가 안 되지만 댓글로 심한 욕설 단 사람들은?

변호사: 욕한 사람들은 정보통신망법 명예훼손죄라든지
　　　　형법상 모욕죄를 통해서 고소가 다 가능합니다. 근데 연예인들은
　　　　초상권 이상의 것이 있습니다. 퍼블리시티권이라고.
　　　　지금 인정받지는 못하고 있는데 앞으로는 인정받을 거예요.
　　　　지금 소송 들어가 있는 연예인도 있습니다.

송은이: 어떤 걸로요?

변호사: 성형외과에서 연예인의 얼굴을 무단으로 사용한 거예요.
그런데 원래 1심에서는 소송에서 이겼는데 2심에서는
퍼블리시티권. 이거는 뭐냐면 자신의 얼굴을 돈으로 보는 겁니다.
그러니까 김숙 씨 얼굴이라든지 송은이 씨 얼굴은,
제가 봤을 때 송은이 씨 얼굴은 한 1억 정도?

송은이: 저요? 쌍꺼풀 수술 80만 원 주고 했는데?

변호사: 아니고요! 그 말이 아니고요! 얼굴에 가치가 있는 거거든요.
미국 같은 경우에는, 예컨대 조단 얼굴을 함부로 쓸 수가 없게
돼 있거든요. 유명한 사람들은 목소리조차, **아리조나 주 같은
경우에는** 목소리도 못 씁니다. 성대모사도 함부로 하면 안 됩니다.
그리고 **성대모사 할 때도 만약에 잘못하면
손해배상 들어올 수가 있어요.**

송은이: 진짜요? 그럼 김영철은 밥줄 끊기는 거야.

김 숙: 방송 자체를 못 하네, 김영철은.

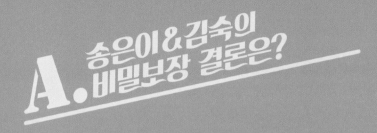

A. 송은이&김숙의 비밀보장 결론은?

변호사: **초상권에 해당하나, 모자이크를 해서 명예훼손적인 게 없다면 고소가 불가능합니다.**

김 숙: 송은이는 전재산 준비해라. 그건 명예훼손감이야.

송은이: 얘 뭐라니, 진짜?

이보다 더
명쾌할 순 없다!
영자 언니네 상담소

송은이: 일동기립! 이영자 씨가 오셨습니다.
　　　자, 지금 말씀드리는 순간 치킨이 도착했어요.
김　숙: 이분이 지금 한 손엔 마이크, 한 손엔 치킨을. 오실 때 맞춰서.
송은이: 뜨끈뜨끈하게 드시라고 지금 막 주문했어요. 오실 때 맞춰서.
이영자: 너무 감동이다. 이거 어떡하니, 표창장 같아.
　　　이게 남들이 보면 웃을진 모르겠지만, 진짜 내 성공비결이 이거거든.
　　　치킨 한 마리를 나 혼자 다 먹기 위해서 열심히 살아왔거든
김　숙: 이영자 씨, 드디어 오셨습니다. 먹방으로.
　　　기념으로 즉석에서 2행시 한번 가보도록 하겠습니다. 먹방으로.

이영자: **먹어도 먹어도**
　　　방구도 안 나오고.
김　숙: 닭발로 한번 갈까요? 닭 좋아하시니까.
이영자: **닭이야말로**
　　　발전할 수 있는 나의 계기였다.
송은이: 철학이 담겨 있어.
이영자: 감사합니다. 저는 여러분께 실례만 아니라면
　　　먹으면서 얘기 되잖아요. 전 다 해요.
　　　남들은 뭐 입에 넣으면 말 못 하잖아요. 전 다 해요.
송은이: 지금 치킨 되게 뜨거울 텐데도 멀티로 세 개를 하고 계세요.
　　　씹으면서 들으면서 얘기하면서.
이영자: (뿌듯) 뒷정리 봐~ 뼈다귀 뒷정리.
김　숙: 깔끔하네요. 철학이 있는 거 같은데?
이영자: 작은 뼈 두 개, 요건 **나중에 먹겠다는 거거든.**

Q. 저는 회사에서 먹는 점심 식사가 고민입니다. 주5일에 4일을 청국장을 먹습니다. 이사님이 항상 그곳을 고집하시거든요. 청국장에 질려버렸고 콩 냄새도 싫은데 직원이 딱 세 명이라 빠지기에도 눈치 보입니다. 어떻게 하면 청국장에 굴레에서 벗어날 수 있을까요?

A. 직장 그만두면 되지 뭐. 입맛이 안 맞으면 그만둬야지. 그거 큰 문제야. 부부가 헤어지는 문제가 성격 차이 다 그런 거지? 성격 차이의 첫 번째가 '입맛이 안 맞아서'야. 그만둬야지, 살고 싶으면.

Q. 저희 엄마는 음식에 대한 프라이드가 강하신데요. 솔직히 맛이 없습니다. 아들로서 맛없다는 말 한 번 못 하고 늘 맛있다고 기분을 맞춰드리면서, 가끔씩 음식을 남겨 맛없음을 표시했지만 잘 모르시는 거 같아요. 엄마 기분 상하지 않게 음식이 별로란 뉘앙스를 어떻게 전달할까요?

A. 집을 나가는 거지. 모든 가출의 첫 번째가 엄마하고 입맛이 안 맞아서야. 조용히 나가. 그럼 알아요. "누구야~ 너 좋아하는 뭐 해봤다. 들어와라~" 그런데 안 들어와. 그럼 알아. 그다음에 한 일주일 안 들어오면 "아, 이거 안 좋아하는구나." 그다음엔 또 "두루치기 해봤다~" 그랬는데 안 들어와. "아, 안 좋아하는구나." 그다음엔 인제 엄마도 아시지. 먹는 걸 얘기해도 안 들어오니까.

비.밀.보.장.

Q. 전 라면을 좋아하는데요. 꼭 먹고 나면 국물이 엄청 남아요. 이 남는 국물이 좀 아까운데 어떻게 하면 좋을까요? 밥 말아먹을까요? 아니면 소면 삶아서 넣어 먹을까요? 아니면 다음 식사 때 국처럼 놓고 먹을까요?

A. 남긴다는 건…… 이분이 식욕이 많이 떨어졌네. 내가 봤을 때 병원 가서 건강검진 받아봐야겠다. 라면 국물 남기는 분들은 뭔가 소화에 장애가 있든지 입맛이 떨어진 거야. 건강에 적신호거든요. 이럴 때 병원에 가셔야 됩니다.

국물은 어떻게 해야 합니까?

저는 처음부터 누룽지를 넣어요. 누룽지를 넣어가지고 라면하고 같이 먹어요. 그래서 국물이 아닌 것처럼. 죽처럼 느껴지게. 그래서 국물이란 단어를 써본 적이 없어요. 그냥 찌개지, 그건.

Q. 신혼부부인데요. 저는 국을 싱겁게 먹는데 남편은 완전 짜게 먹어요. 짠 거 싫다고 했더니 저보고 물을 타서 먹으라네요. 물 타면 그 맛이 안 나잖아요. 애초에 싱겁게 끓여서 소금이나 간장을 타는 게 맞는지 아니면 짜게 끓인 다음에 물을 부어서 먹는 게 맞는지 더 합리적인 거 골라주세요.

A. 일단은 간을 안 하고 끓여야죠. 그래서 외국 보면 앞에다 소금하고 간을 맞출 수 있게 봐두잖아요. 그런데 우리나라 아니야. 요리하는 사람 마음대로거든. 그러니까 우리나라 문화와 외국 문화의 대립인 거예요. 헤어져야지, 이러면. 입맛이 안 맞으면 그거는……

Q. 〈비밀보장〉덕분에 휴게소 먹거리에 관심을 갖게 된 사람입니다. 이번에 안동 여행을 가게 돼서 드디어 휴게소 먹거리를 먹어볼 생각에 흥분하고 있습니다. 서울에서 안동까지 가는 길에 휴게소 중 어디서 무엇을 먹어야 할지 알려주시면 감사하겠습니다.

A. 전 안동 갈 땐 참아요. 휴게소 안 들릅니다. 안동엔 찜닭이 있거든요. 괜히 휴게소에서 입 더럽힐 필요 없어요. 입 더럽히지 말고 곧장 가라. 쉬지 말고 가라.

화장실 가고 싶으면 어떡해요?

여자라면 어쩔 수 없다만, 남자일 경우 화장실 가고 싶다면 물병 놔두고 뭐해?

Q.

"라면 먹고 갈래?"라고
하면 쉬워 보일까?

❝

만난 지 두 달 된 남자친구는
데이트 후에 항상 저를 자취방까지
데려다주는데요, 우리 집은 강남이고
남자친구 집은 남양주다 보니까 너무 멀잖아요.
데려다주고 가는 모습이 너무 고단해 보여서
정말 순수한 마음으로 "라면 먹고 갈래?"라고
얘기하고 싶은데, 혼자 사는 여자가 그런 말을 하면
좀 쉬워 보이고 흑심이 느껴지는 거 같아서
고민입니다. 제가 라면 끓여준다고 하면
이상한 건가요?

❞

송은이: 남자친구한테 순수하게 얘기할 수 있을 거 같은데?
　　　　 "잠깐 쉬었다 갈래?"

김　숙: 뭐라고요? 그게 가장 위험한 말이에요.

송은이: 아니 피곤하잖아. 한숨 자고 가라고요. **"눈 붙이고 갈래?"**

김　숙: 차라리 "라면 먹고 갈래?"가 낫지 송은이 씨 발언이
　　　　 더 위험한데요. 그거 완전 **작업 멘트**잖아요.

이영자: 아유~ 우리도 그런 기 좀 해봐야 히는데 우리는 왜
　　　　 그런 거를 부끄러워하나. 진짜 아무 뜻 없이 할 수 있잖아.
　　　　 그래도 이 사연에는 답이 딱 나오는데? 이분이 정말
　　　　 흑심 없이 진짜 데려다준 남자친구가 걱정돼서 그런 거라면
　　　　 내가 봤을 때는 **메뉴가 잘못됐어.**

김　숙: 아! 라면이 잘못됐다?

이영자: 메뉴 때문에 의심할 수가 있고 오해할 수가 있는 거야.

송은이: 그렇지, **라면이라는 게 상징성이 있으니까.**

김　숙: 그럼 무슨 메뉴로 가야 합니까?

이영자: **드링크**지.

김　숙: 커피 한잔하고 갈래?

이영자: 아니지. **박카스 한잔해라.**

송은이: 오~ 진짜 건전하게 느껴지는데?

김　숙: 집에 데리고 가서 "야! 박카스 한잔하고 가!"

이영자: "비타500도 있어!" 뭐 이렇게 하면 의심 안 받지.

김　숙: 괜찮네. 진짜 딱 떨어지네!

이영자: 라면 끓이는 동안 이 남자는 기다려야 되잖아, 앉아서. 근데
　　　　 자취방인데 거기 뭐 소파가 있겠냐? 앉는다면 침대 아니야?

김　숙: 네, 그럼 남자친구가 좀 착각할 수가 있겠네요.

이영자: 그렇지. 그럼 집에 그냥 들어가자마자 냉장고 문 열고
박카스 **따닥** 따서 주는 거지. 1분 30초면 끝나.
그러니까 **자기 의도, 너한테 고마워하는 뜻,**
이게 정확하게 전달돼야지.

송은이: 1분 30초. 기다리는 시간이 짧으니까?

이영자: 그렇지. **기다리는 시간이 길면 의심할 수 있어.**
남자들은 좀 단순하잖아. '아, 얘가 관심이 있구나.
여기서 내가 아무것도 안 하면 바보겠지?'
그런 생각 때문에 그러는 것도 있거든. 라면 끓이는 동안 침대에
앉아서 기다리면 이 남자는 착각할 대로 착각해버리는 거지.

김 숙: 이분이 지금 라면을 끓여주고 싶은 거잖아요. 그렇담 어떻게
했을 때 오해를 안 사게끔 라면을 끓여줄 수 있습니까?

이영자: 이 사람도 참 고집스럽네. 메뉴 바꾸라는데 **굳이 그렇게**
라면을 끓이고 싶으면 오해가 따라오는 것도 책임져야지.
선택했으면 책임져야지.

송은이: 그렇담 이영자 씨는 남자친구가 놀러 왔을 때
무슨 메뉴를 선택하시겠습니까?

이영자: **나 같은 경우엔 기다리는 시간이 긴 걸로 해줘야지.**
아무래도 나랑 나이가 비슷한 사람 만날 거 아니야.
그런 사람들은 또 금방금방 눈치를 못 챈다고.

김 숙: 시간을 두고 할 수 있는 음식이면, 사골 이런 거?

이영자: 기본적인 메뉴는 닭볶음탕. 한두 시간 걸리거든.
"압력밥솥에 푹 고아서 줄게. 그동안 잠깐 샤워할래?"

김 숙: 닭볶음탕 먹으려고 샤워를 한다고?

이영자: 오랫동안 기다리니까. 나 데려다주느라 땀 흘렸으니까.

김 숙: 나 같은 경우에는 김밥 간다, 김밥.

생각보다 재료 손질이 오래 걸려. 하나하나 볶아야 하니까.
아님 잡채 어떻습니까?

송은이: 손칼국수도 괜찮지 않나요?

이영자: 너무 비현실적이야! **너희들 집 냉장고에 언제나
준비돼 있는 재료**가 아니잖아.

김 숙: 그럼 뭘 가야 합니까? 라면밖에 없는데.

이영자: 냉동실에 보면 얼려둔 게 있을 거 아니야. "생선까스 해줄게.
그러니까 녹을 때까지 기다려. 마침 전자레인지가 나갔네."

송은이: **해동 몇 시간 걸려, 그거.**

이영자: 냉동실에 소고기가 있으면 "소고기무국해줄게." 하고
해동될 때까지 기다리는 거지.

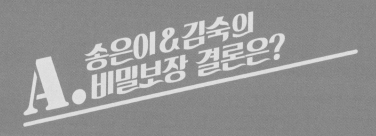

이영자: **메뉴를 바꿔라!**

김 숙: 오해받고 싶지 않으면 **간단한**
드링크로.

이영자: **따닥!** 1분 30초면 끝나.

송은이: 정말 라면을 끓여주고 싶으면
오해하더라도 어쩔 수 없어요.

Q.

내 옷을 훔쳐간 친구, 어떻게 떠볼까?

"

얼마 전 후배가 저희 집에 와서 자고
갔는데요. 며칠 후에 보니까 진짜 아끼는 옷이
없어졌어요. 입고 빨아야지 하고 놔둔 거라
분명 옷장에 있었거든요. 근데 아무리 찾아봐도 없어요.
저는 안 건드렸고 안 치웠고 그사이에
집에 다녀간 사람은 걔밖에 없고 그럼 범인은
후배가 분명한데요. 심증만 있고 물증이 없네요.
그냥 넘어갈까요? 아니면
조심스레 떠볼 방법은 없을까요?

"

이영자: 나 이런 경우 있었지.

김 숙: 있었어요?

이영자: 처음에 패션에 눈을 뜨기 전에는 메이커만 사게 되잖아요, 메이커면 제일 좋은 줄 알고. 그럴 때 제가 메이커를 하나 샀었어요. 블랙으로 니트를 샀었는데 없어진 거야.

김 숙: 큰맘 먹고 산 건데?

이영자: 예예, 친구가 오고 간 뒤에. 근데 그 친구의 캐릭터가 유머스럽고 개그스럽고 이래서, 나도 "니가 가져갔지?"라고 바로 물어볼 수 있었거든. 그 친구한테 내가 바로 **"이 도둑년! 니가 가져갔지, 이년아?"** 이렇게 했거든요. 그랬더니 그 친구가 **"빙고~"** 나도 참 단순하지. **가져갔다는 거보다 내가 맞췄다는 거에 희열을 느꼈어.**

송은이: 그렇게 해서 풀릴 수 있는 관계라면 괜찮을 수 있을 것 같아요. 그런데 누군지 알 거 같은 기분이 드는 건 왜지?

김 숙: 홍진경 씨가 원래 그렇게 이영자 씨 옷을 좋아해요?

이영자: 예. 홍진경이 가난했던 시절, 김치 장사 하기 전에 어려울 때, 엄마랑 같이 배추 담글 때 그 시절.

김 숙: 그 옷을 줬습니까? 돌려받았습니까?

이영자: 받아왔죠. 비쌌어, 메이커니까. **"니가 가져갔지?" 말하지도 못하는 관계라면 수납 정리하듯 정리해야 할 때가 있어요.** 그냥 계속 가는 건 아닌 거 같아, 그 친구한테도 나한테도.

송은이: 말을 어떻게 해야 돼요? 마음이 불편해서 관계를 정리해야겠다고 생각하면 어떻게 말을 꺼내요?

이영자: 말 누구나 못 하죠. 저는 특히나 시골 정서라 더 말을 못 하죠. 그 대신 **나 혼자만의 착각에 빠져 있을까봐 걔네 집 가서 조사를 하죠,** 사실은.

송은이: 집을 뒤져요?

비·밀·보·장·

이영자: 응. 친구 집에 놀러 가는 거야. 내 실수일 수도 있잖아요.
심증은 있지만 물증이 없잖아. 그렇잖아?
그러면 혼자 심증만 가지고 끙끙 앓지 말고…….

김 숙: 친구 집 가서 옷을 찾아봐야 되나요?

이영자: 어느 날 걔네 집에 가게 될 수가 있잖아요. **"내가 대청소 해줄게!"**
하고 쫙 정리해주는 거지. 그럼에도 없으면 둘 중에 하나지.
내가 착각했든지, 그놈의 지지배가 진짜 철저한 거지.

송은이: 깔끔하게 결론을 내려드릴까요? 송은이 김숙의 비밀보장,
심증은 있지만 물증은 없는 이 후배 어떻게 할까요? 결론은?

이영자: 저는 둘 다 자격이 없는 거 같아요. 고민의 주인공도 그렇고.
왜냐하면 그 친구를 의심하는 본인도 그렇고, 의심은…….

김 숙: **(말 끊고)** 믿음이 없다는 거죠? 패스해라?

이영자: 예, 한번 더 고민하셔야 되겠다, 친구관계에 대해서……
이건 물건의 문제는 아닌 거 같아. **두 사람의 관계에 대한**
문제인 거 같아요. 커피 한잔 끓여서 옆에다 놓고
딱 앉아서 생각해봤으면 좋겠어. 쭈우욱~

김 숙: ……그럼 그거를 좀 짧게 정리해주실 수 있겠습니까?
너무 결론이 길어가지고요.

이영자: 살아온 날이 얼만데, 말이 다 길지.

김 숙: "결론은?" 하고 뭐가 나와야 되는데 너무 길어가지고.
다시 한 번 해주세요.

이영자: 물건의 문제가 아니다. 이 사람도 그렇고 상대도 그렇고
친구가 지금까지 했던…….

김 숙: **(짜증)** 이영자 씨, 좀 **짧게** 해달라고. **짧게!** 길지 않게!

231

A. 송은이&김숙의
비밀보장 결론은?

이영자: **일단 친구 집에 가서
뒤져봐라.**

김 숙: **네! 아주 명쾌합니다!**

이영자: 너 남자랑 뽀뽀해본 적 있어?

김 숙: 언니, 저 나이가 몇 살입니까? 그런 질문은 고등학교 때
　　　 친구들끼리 하는 거 아닙니까?

송은이: (솔깃) 고등학교 때 해봤다고?

이영자: 키스타임하자, 키스타임! 가장 기억에 남는 키스는?

송은이: 진실게임이겠지.

김 숙: 그럼 이영자 씨부터 얘기 좀 해주세요.

이영자: 야, 원래 조용필도 마지막에 나타나서 노래 부르시잖아.

김 숙: 아 그렇지, 그럼 제일 재미없는 송은이 씨부터 가시죠.

송은이: 나는 스물한 살 때 술 취해가지고 조금 좋아하는 오빠랑 뽀뽀만 했어요.

김 숙: 오빠가 먼저 들어갔어요? 누가 먼저 이렇게…….

송은이: 네? 뭘 들어가요?

김 숙: 누가 먼저랄 것도 없이?

송은이: 아니 그 오빠가 먼저 뽀뽀하자 그랬어요.

김 숙: ……너 지어낸 거지? 지어낸 거잖아!

이영자: 은이는 내가 봤을 때 딱 말로는 표현 못 하겠지만 키스한 입이여.
　　　 보면 딱 나와.

김 숙: 그걸 어떻게 알아요?

이영자: 남자의 향기가 흐르잖아, 약간.

김 숙: 저는요?

이영자: 넌 남자를 모르는 입술이야.

김 숙: 입술이? 입술 자체가?

송은이: 그럼 다음에 너!

김 숙: 저는 고3 때 수능 끝나고. 우르르 몰려다니는 친구들 중에 한 멤버였죠.

송은이: 어떻게?

김 숙: 일고여덟 명 정도 친한 애들이 있었는데 걔랑 나랑만 비밀연애처럼
한 거죠. 친구들한텐 비밀로 하고.

송은이: 아, 사내커플 몰래 연애하듯이?

김 숙: 그렇죠. 수능이 좀 일찍 끝났어요. 그래서 끝나자마자 귀를 뚫고
키스를 하는 바람에 귀가 약간 곪았어요. 귀를 잡아당겨서.

송은이: 귀를 왜 잡아당겨?

김 숙: 아니 손 위치가 애매해서. 귀 쪽에 가 있었거든요, 손이.

송은이: 에이~

김 숙: 진짜!

이영자: 쟤 눈동자 흔들리는 거 봐라.

송은이: 약간 지어내는 거 같죠?

김 숙: 요쪽에 보시면 귀에 구멍이 약간······.

송은이: 에이~ 지어내지 마! 더 들을 필요도 없어. 됐어.
너는 뽀뽀한 입술이 아니야.

김 숙: 그럼 다음! 이영자 언니의 경우가 궁금하네, 진짜.

이영자: 내가 진짜 얘기하면 방송 못 나가.

김 숙: 감금시켰어요?

이영자: 아니.

김 숙: 잡아다가 하셨어요?

이영자: 나는 진짜 일찍했어요. 시골에서는 뭐 마땅한 독서실도 없고 그렇잖아요.
원래 서울 애들이 이성관계에 눈을 좀 늦게 떠. 걔네들은 해야 할 공부도
있고 학원도 보내고 과외도 받고 영화관도 많지만, 시골은 6시면 불이

다 꺼져. 침침해.

가로등도 4개가 있는데 3개가 안 들어와.

김　숙: 최적의 장소네요.

이영자: 그러니 뭐하겠어. 만나면 뭐…….

송은이: 반갑다고 뽀뽀뽀?

김　숙: 헤어질 때 또 만나요, 뽀뽀뽀?

송은이: 몇 살 때 몇 살 때?

이영자: 중학교 때.

김　숙: 뽀뽀 말고 키스요. 중학교 때 들어갔습니까?

이영자: 반반이었던 거 같아. 그게 키스였는지는 몰랐던 거 같아.

김　숙: 동갑이에요? 오빠에요?

이영자: ……동갑.

김　숙: (예리) 잠깐만. 지어내는 거 같아. 대답이 바로 나와야 되거든.

이영자: 나 티나?

김　숙: 예. 약간 티났어요. 생각을 지어내는 틈이 있었잖아, 지금.

Q.

남친 초대용 러브하우스 꾸미는 방법은?

❝

최근 24평짜리 전세를 얻었습니다.
남친도 생겨서 자주 드나들 거 같은데요.
그래서 5백만 원 정도로 집을 꾸미려는데
어떤 아이템을 사는 게 좋을까요? 가장 중요한 건
남친이 방문했을 때 러블리한 느낌을 주는
집을 꾸미는 겁니다. 벽지는 무지에
포인트벽지가 좋은지 꽃무늬벽지가 좋은지,
전체적인 장식은 어떻게 할지 정해주세요.

❞

송은이: 제가 진짜 이영자 씨한테 닮고 싶은 것 중에 하나가 이거예요, 센스. 집 꾸미기 센스.

김 숙: 나도 나도. 나 솔직히 이영자 씨가 집에 초대했을 때 가서 '아, 이 언니 지금 남의 집 빌려가지고 장난치나? 어디서 진짜 모델하우스 같은 집을?' 그랬는데 **집에 정말 써 있더라고, 남의 집처럼. '유미하우스' 이렇게.**

이영자: 내 원래 이름이 유미야. 나는 원래 집은 천국이어야 한다는 로망이 있었어. 어렸을 때 없이 살던 빈곤함 때문에 항상 집을 그리워했던 것 같아. 그래서 제일 먼저, 집을 우선해야겠다고 생각했거든. 그래서 집에다가 내 벌이 중 80퍼센트를 썼지.

송은이: 인테리어는 따로 배우신 거예요?

이영자: 처음에는 일본 잡지를 많이 봤지. 그런 잡지만 계속 본 거야. 한 15년 전부터 잡지를 보면서 인테리어 하는 거에 관심을 갖게 됐지.

김 숙: 눈높이를 올렸구나. 공부가 필요하네요.

이영자: 사연 준 이분이 벽지를 꽃무늬를 선택하면 6개월~1년 있다 싫증이 날 수 있거든. **일단 인테리어의 기본은 방이든 집이든 어떤 가구들이든 금방 이렇게 티가 잘 날 수 있게끔 딱 기본적으로만.** 인테리어를 모르는 분들, 돈 안 들이고 싶고 인테리어를 모르는 분들은 벽지를 화이트로 하는 게 기본이지. 그런데 화이트는 너무 밝잖아? 병원 같아요. 그런 분들은 크림색 있거든요. **일단 벽지는 화이트나 크림색 같은 환한 색으로 해놓고 그다음에 커튼 같은 장식을 하면 되지.**

송은이: 아~ 깔끔하게. **선벽지 후장식**이군요.

이영자: 그런데 이 남자랑 결혼한단 보장이 없잖아. 결혼해도 끝까지 백년해로한다, 검은 머리 파뿌리 될 때까지 산다, 보장이 안 되잖아. 이 남자를 초대하기 위해서 5백만 원 가지고

이 남자가 좋아하는 취향을 다 했어. **근데 얘랑 헤어지면 어떻게 할 거야?** 이 남자애가 꽃무늬 좋아해서 꽃무늬 했어. 근데 얘랑 6개월 만에 헤어지고 자동차 그림 같은 거 좋아하는 남자랑 만나. 그럼 어떻게 할 거냐고?

김 숙: 벽지를 바꾸는 것보다는 커튼 같은 장식을 바꾸는 게 더 쉽고 싸니까?

이영자: 응. 그리고 또 선인장이나 화분 같은 건 철 따라 바꿀 수 있으니까 좋지.

김 숙: 꽃 하나 추천해줘요. 어떤 꽃이 좋을까요?

이영자: 4~5월 봄엔 프루지오, 아니 **프리지아 노란색**. 아, 미안해. 나 아파트 이름 얘기했잖아.

김 숙: 이영자 씨도 남자가 바뀜으로 인해서 집 인테리어도 좀 바뀝니까?

이영자: 내가 얼마나 머리가 좋은 줄 알아? **20년 안에는 그런 일이 없겠구나 싶어서 그냥 내 취향대로 했어.**

송은이: 아, 여쭤보고 싶었어요. 그렇게 바꾼 집에 남자가 개별적으로 온 적이 있는지.

이영자: 몇 명 있지만 그중 **제일 많이 온 남자가 관리실 아저씨**...... 인테리어를 해가지고 보일러실 바닥을 타일로 깔았더니 처음에 공사 들어올 때하고 좀 달라진 거지. 자꾸 몇 번 고쳐서 그 아저씨가 제일 많이 왔어. **가끔 우리 강아지도 그 아저씨가 오면 막 꼬리를 쳐.**

김 숙: 그다음에 **세탁소 아저씨**. 세탁소 아저씨가 자주 오시죠?

이영자: 왜 이래요? 그 아저씬 문 안으로 들어와본 적이 없어. **아직 우리 강아지가 짖어, 그 아저씨는.**

송은이: 그러면 **전체를 바꿀 생각을 하지 말고 포인트를 주는 게 낫다?**

이영자: 그렇죠. 일단은 커튼이 기본이야.

김　숙: 그럼 침대 쪽은 신경 안 써도 되나요?

이영자: 왜?

김　숙: 남자친구 오는데 침대에 포인트를 줘야 되는 거 아닙니까?
침대커버 같은 거.

이영자: 침대는 잠만 자는 덴데 거기다 뭐를 신경 쓴다니?

김　숙: 그러니까…… 남자친구를 위해 러블리한 분위기를 만들고
싶으니까 기본적으로 침대로 가야 되는 거 아니에요?

이영자: 거긴 자는 데잖아. *거기서 뭘 한다는 소문은 들었지만.*

송은이: 러블리한 잠옷 같은 걸 구입하거나 이런 것도 괜찮을까요?

이영자: 아니 머리도 그렇고 옷도 그렇고 자기 자신을 꾸미면
되는 거지. 근데 남자친구가 집에 놀러 왔는데 잠옷을 입는다니,
그다음은 뭐야?

송은이: *소문만 무성하지 뭐.*

이영자: 그런데 난 십몇 년 동안 집을 예쁘게 꾸미느라 정작 나한테는
투자를 못 했던 거 같아. 그런 거 보면 이분이 주의할 것은
집이 너무 러블리하면 안 된다는 거지. 이분이 안 보인다니까,
집만 보이고. 아직 결혼한 게 아니니까 **인테리어는 기본만 하고
본인을 러블리하게 꾸몄으면 좋겠어요.** 집만 러블리하면 집에
이 여자가 처져. 눈길이 안 가지.

A. 송은이&김숙의 비밀보장 결론은?

이영자: 흰색 벽에 커튼에 심플한 가구 하나 딱 놓고 꽃으로 포인트를 줬으면 좋겠어요.

김 숙: 그래봤자 정말 2백만 원도 안 든다.

송은이: 남은 돈은 본인을 러블리하게 꾸미는 데 쓰세요.

셋 둘 하나!
송은이&김숙의 <비밀보장> 이만 마칩니다

송은이: 뭐야? 이러니까 완전 끝나는 것 같잖아!

김　숙: 그러게, 이거 제목 잘못 지었네. 쯧쯔쯔.

송은이: 시작이 엉성한데 마무리가 야무질 수 있나? 아무튼 해봅시다!

김　숙: 뭘 해보재, 또? 피곤하니까 빨리 끝내자.

송은이: 아~ 좀 그러지 좀 말고 좀! 자, <비밀보장>을 사랑해주신 분들께 김숙 씨 한 말씀 올리시죠?

김　숙: 쑥스럽지만, 멍석이 깔린 마당에 그럼 진지한 모습 한번 가겠습니다. ......정말 뜻밖에도 너무 사랑해주셔서, 우리가 예상하지 못한 큰 사랑을 받고 있어서 너무 감사드리고. 이건 진짜 진심입니다! 그리고 제가 이제 방송을 여러 개 하고 있는데, 이것도 <비밀보장> 애청자 여러분들의 덕이 아닌가. 그리고 정이 느껴지는 게, 제가 방송에서 기사가 나고 그러면 옛날에는 무플방지위원회에서 나와서 한두 개. '내가 일빠' '아쉽다 이빠' 이 정도였는데, 이제는 많은 분들이 오셔서 '비밀보장 애청자입니다'하고 댓글을 남겨주세요. 그래서 그 많은 댓글을 보면서 울컥울컥할 때가 한두 번이 아닙니다. 아, 무플이었는데 이렇게 많아졌구나.

그래서 무한 사랑에 진심으로 감사드리고, 최선을 다해서
〈비밀보장〉 열심히 하겠습니다.

송은이: 캬~ 속으로 생각해두고 있었고만, 이거.

김　숙: (쑥쓰) 하, 하시죠. 송은이 씨도 빨리.

송은이: 음, 우리 왜 그런 얘기 하잖아요. 누가 나오면 '국민' 명칭을
붙이는데, 저희야말로 자생적으로 태어났지만 키워준 건
여러분들의 몫입니다. 정말 국민 자매, 국민 여성 콤비가 될
수 있도록 앞으로도 많이 사랑해주시고요. 못 하는 건 못 한다고
얘기해주시면, 저희가······

김　숙: 뭘 못 한다는 거죠?

송은이: 그냥 재미없었다 그런 거.

김　숙: 아, 못 한다면? 그런 얘기는 자제해주시고. 무한 사랑!
사실, 이런 얘기까지는 안 할라고 그랬는데······ 우리가 무슨
자식이 있습니까, 남편이 있습니까, 시부모가 있습니까.
여러분들밖에 없습니다. 좀 정을 주시고. 우리가 누구한테
따뜻한 말 한마디 받겠어요? 지금 없어요, 개뿔. 그러니까
좀 자상하게 가족처럼 맞아주십시오.

송은이: 꿈같은 하루하루인데요, 〈비밀보장〉이 어떻게 확장되고
어떤 모습으로 발전할지는 모르겠지만, 그 모습들은
다 여러분들이 만들어주시는 거라고 생각하고요. 저희 앞으로도
열심히 할 수 있는 데까지 최대한 해보겠습니다. 지금까지
사이다 같은 여자, 송은이!

김　숙: 이 시대의 가모장, 김숙! 이었습니다.

감사합니다!

✕ 점심시간 사다리 타기 ✕

"뭐 먹고 싶은 거 없어?"
"김 대리, 오늘 점심은 뭐 먹을까?"
"막내야, 배고프다! 빨리 좀 골라봐!"

점심때마다 메뉴 고민 때문에 미쳐 돌아버릴 것 같은
결정장애 여러분들을 위해 준비했다. 이제부터는 고민할 시간에 사다리를 타라!
사다리... 어떻게 타는지 설명 안 해줘도 다들 알지?

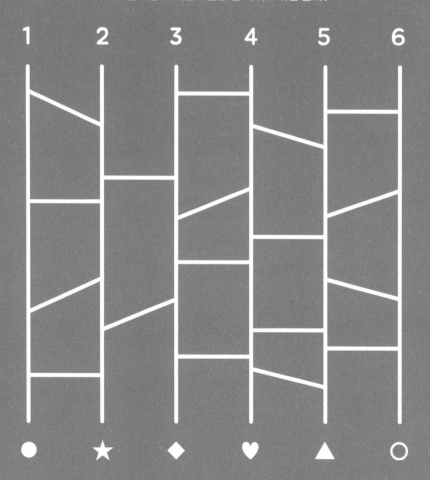

*결과는 뒷면을 확인하시라~

● 분식
분식 먹고 가장 많이 먹은 사람이 디저트 쏴라.

★ 고기
막내는 계산하지 말고 식후 박하사탕+페브리즈 서비스!

◆ 중국집
월급 제일 많이 받는 사람이 탕수육 쏴라! 깐풍기도 OK.

♥ 김밥헤븐&편의점
이건, 그러니까 '꽝'이라고 볼 수 있지. 위로 올라가서 다시 해라.

▲ 백반집
백반 먹으면 두 공기 먹어도 속이 허하니까 먹고 나서는
꼭 카페에 가라.

○ 김치볶음밥
몇 번을 고르면 김치볶음밥이 나오는지 외워두었다가
애매할 땐 무조건 이걸 골라라.